青春美文系列

蒲公英的种子

俞胜 著

世界图书出版公司
北京·广州·上海·西安

图书在版编目（CIP）数据

蒲公英的种子 / 俞胜著 . —北京：世界图书出版有限公司北京分公司，2018.12
（青春美文系列）
ISBN 978-7-5192-5224-3

Ⅰ . ①蒲… Ⅱ . ①俞… Ⅲ . ①散文集—中国—当代 Ⅳ . ① I267

中国版本图书馆 CIP 数据核字（2018）第 238339 号

书　　名　蒲公英的种子
　　　　　PUGONGYING DE ZHONGZI

著　　者　俞　胜
责任编辑　侯　静　梁沁宁
装帧设计　黑白熊

出版发行　世界图书出版有限公司北京分公司
地　　址　北京市东城区朝内大街 137 号
邮　　编　100010
电　　话　010-64038355（发行）　64033507（总编室）
网　　址　http://www.wpcbj.com.cn
邮　　箱　wpcbjst@vip.163.com
销　　售　新华书店
印　　刷　三河市国英印务有限公司
开　　本　710 mm × 1000 mm　1/16
印　　张　13
字　　数　165 千字
版　　次　2019 年 1 月第 1 版
印　　次　2019 年 1 月第 1 次印刷
国际书号　ISBN 978-7-5192-5224-3
定　　价　42.00 元

目　录

第一辑　回望故乡

第二辑　人在京城

第三辑　边走边想

后记

第一辑

回望故乡

故乡的柳

姐姐家的门前有一段长长的江堤，这堤是防洪堤，只有发了几十年不遇的洪水时，江水才有可能漫到堤脚来。所以，平常的年景，翻过堤，要再往前走半里路，才能看见不尽的长江。顺着江堤走，有一片柳林，临一汪浅水。浅水属于防洪堤内的滩涂区，浅水那边是大片丰茂的水草，有鸥鹭翔集，景色很美。

那一年的暑假，我在姐姐家做客，一眼发现了这柳，自然而然地迷上了这里。

清晨，我就漫步进柳林中，林中竟有一条小路，大约如我一般爱柳的人也很多吧，也可能是巡防江堤的人走的路。不过我去的那几天，什么人也没遇着。“蝉鸣林愈静”，柳林里静悄悄的。“好风月，不用一钱买”，江上飘来的清风和这一片柳色，只有我一个人慢慢地享用。

那柳叶岂止是苍翠欲滴的，绿得连柳的上空都弥漫着一层烟似的云，“柳阴直，烟里丝丝弄碧”嘛。

柳有年头了，树干都很粗，一个人合抱才能抱过来。树干黝黑苍劲，像从国画里走出来的。老干发新芽，伸出的柳条都是那么柔柔地拂下来。

柳条拂到那一汪浅水里，风轻轻地摇着，柳条起舞，似蜻蜓点水。水中有鱼儿来戏柳，闪着青黑的脊，像美丽姑娘的眉。它调皮地啄一下拂到水面上的柳叶，啄一下，倏忽一下又不见了。

柳条柔柔地拂到我的脸上，如情人发丝一般，让我闻她的气息，撩动我的情怀。

柳条柔柔地拂到我的手心，使我痴痴地入梦。就像庄周化蝶，那一刻，我真想化作那条戏柳的鱼儿。如果有可能，真想在这片柳林里，筑一间茅舍，过上“结庐在人境，而无车马喧”的生活。那一年，我才十八岁，心底竟有了一种隐士情怀。

直到姐姐招呼我吃午饭的声音在堤上悠扬地响起，我才从这一片清凉世界中醒过来，走回防洪堤外姐姐的家。

我连连回头，见柳条依依。

我还在想，为什么古人送行，要折柳相送呢？为什么弘一法师发出“人生最乐是欢聚，唯有别离多”的感慨时，要选那个“晚风拂柳笛声残，夕阳山外山”的典型环境呢？在古人的诗里，柳似乎总是和别离连在一起的。要不，怎么会有“此夜曲中闻折柳，何人不起故园情”的千年绝唱呢？那么，这一片柳林是为了谁的“折柳”而准备的呢？

我也要别离了，要离开姐姐家，离开故乡的柳，到遥远的北方去。

姐姐却没有折柳送我。她送给我一条黑毛裤，许多年来，我一直带在身边。蓦然间，我发现：这缕缕的线，其实就是故乡柔柔的柳呀！它时刻在我的心间柔柔地荡漾。

此夜，我又“曲中闻折柳”了，想起故乡的柳，想起柳边的姐姐来……

这些年，她瘦了没有呀？

枣香淡淡

我家老屋的北侧，有两棵枣树。树干都有坛口那么粗，是爷爷幼年时栽下的。两棵树，一左一右，相距约五米，夏来枝繁叶茂，相触于云中，这一方天地，便成了一片浓荫的世界。

暑热的天，我家枣树下的一番情调，别处是找不到的。这里是左邻右舍孩子们的乐园。他们在树下打扑克啦，下石子棋啦，似乎一切游戏在这里做起来才有意义，其实他们的心都悬在树上呢。

这时候，枣还没熟透，但已渐渐地褪了青衣，着上红衫了，虽然那红只是浅浅的。枣闪着诱人的光泽，如童话里的一颗颗星星。

奶奶不允许摘生枣吃，孩子们没办法，可怜兮兮地眨着小眼睛。可是，天上的鸟儿却不听奶奶的话，它们也是调皮又贪嘴的孩子，在树顶上叽叽喳喳地闹着，于是，便不时有枣离了枝间，欢快地蹦下来。地上的孩子就弃了扑克牌、石子棋，一窝蜂地去抢，那劲头跟故事中的抢绣球差不多。

“七月七，小红枣子甜似蜜。”在孩子们渴求的眼光里，枣终于熟了。我家这两棵树，一般的年成，能收一百多斤枣，奶奶让家人把它们盛在装稻子的筐里。那些年，连口粮都很紧张，望着这些枣，家里人的脸上写满了喜悦。在一家人的欢声笑语里，奶奶已将枣分成若干等份，左邻右舍，家家都有。多半是我乐颠颠地挨家挨户送过去，而家家也都乐陶陶地收下。我家的枣，颇有“天下为公”的味道。

摘下来的鲜枣，洗净了，加点糖用瓦罐炖着吃，是乡下无上的奢品。于是这一天傍晚，炊烟起时，家家都有一缕淡淡的枣香飘过来。

这些都是我幼时的事，随着过去的那些日子流逝了。想想那时候，一个暑季，唯有我家的枣令孩子们牵肠挂肚，除此再也没有别的水果了。不像如今，有那么多种水果可以品尝。现如今，左邻右舍的孩子还去我家的枣树底下游戏吗？还把那一颗颗小小的心悬在树上吗？我不知道了。

不过，对于我来说，这世上没有什么比枣更味美的果了。且不去讲它含有什么成分，滋补什么，枣还是一种吉祥、喜庆的果，在我国的民俗里，“枣”者“早”也，人家娶媳妇的时候，床上要放一把枣，寓意着“早生贵子”。

前几天，在图书馆翻阅《安徽日报》，见到家乡去年取得抗洪救灾的胜利，国民经济持续增长……我在北方，便如吃了家乡的一颗枣，心里蜜甜蜜甜的。

愿家乡的日子“早早”红火起来。

家中贴有劝学诗

父亲已经离开我十三年了，这十三年里我也常常想起要写一些纪念他的文字。可每次总怕触及内心的疼痛，所以一直没有动笔。

我的父亲年轻时应该是一位俊朗潇洒的男子，他到六十五岁去世之前，身材依然挺拔，依然清瘦，从来就没有长过“将军肚”。父亲爱好古典诗词，有很深的古文功底，谈吐儒雅，待人真诚。假如他这辈子能够成为大学的老师，一定会获得无数学子的崇拜和爱戴。然而，父亲只是一位农民，一位爱读书的农民。

农闲的时候，或者农忙的间隙，他便找来一本书，沉浸到书的意境中去。父亲没有别的爱好，唯一的爱好就是读书。读书是他生命的一部分。我们家有个书箱，大约只有一米高，半米宽，里面码放着几摞线装书，有《诗经》《千家诗》《唐诗三百首》，还有几本线装书的名字我忘了。书是很旧的，仿佛在这书箱里已经放了几百年，打开书箱就弥漫出一股霉味。所以，天气晴好的时候，父亲会把书箱里的书拿出来晒一下，晒书的景观是我家独有的，别的人家不会有，当然，这是我小的时候。后来，村庄里读书的人家也多了起来。

父亲小时候上过两年还是三年私塾就辍学了，因为家境贫寒，他又是长子，要支撑门户。他天性喜欢读书，虽然辍学了，书却没有离手，日积月累，所以古文功底深厚，成了方圆几里都知道的“文化人”，村庄里有什么“文化”上的事就由父亲操办或跟父亲商量。有“文化人”的旨趣，却只能做个农民，一辈子面朝黄土背朝天，父亲也有不甘心的时候，他思考自己的命运，慨叹小时候家境不好，自己也没能赶上好的时光，不然读书考学出去，做一个真正的“文化人”应当不在话下。

“去年已被秋风误，无端岂肯误春风。”在他的身上，传统的思想根深蒂固。“家有黄金万两，不如书香一卷。”他渴望我们姐弟好好读书，将来做个“文化人”，实现他未曾实现的梦。

我家老屋的堂屋上，曾贴着一首老掉牙的劝学诗：“三更灯火五更鸡，正是男儿发奋时。黑发不知勤学早，白头反悔读书迟”。这是父亲委托一位毛笔字写得好的表叔写的。表叔写这幅字的时候，大约是在某一年的春节前后，我也在场。当时表叔还笑着说，有人把他写的繁体字“鸡”误读成“鹅”，读成“三更灯火五更鹅”了。表叔在乡村小学当老师，他和我父亲志趣相投，常常是父亲去他家，或他来我家。两人在一起聊古文，聊古代的文人趣事，常常能聊一宿不睡觉。现在，表叔也去世了。在那个世界，父亲一定不会寂寞了吧。

我很小的时候，便深深地受父亲的影响，捧起那些线装书，父亲也教我学识繁体字，学“关关雎鸠，在河之洲”，也学《唐诗三百首》。

这些平平仄仄的东西，曾经那样地深入我的骨髓，曾经那样地纠缠过我，一个在唐诗宋词里浸泡得久了的男儿就变得容易凭花落泪、多情敏感起来。

可是，后来的一段时间里，我却觉得父亲教给我的那些东西是那么不合时宜，那么迂腐。那大概是在二十世纪九十年代中期，“以经济建设为中心”的观念已经深入人心。想起父亲所谓的“文化人”，我满脑子里摇摇晃晃的全是孔乙己的形象。那时候，初出茅庐的我，正试图从书卷中走出来，要扎到商海里，成为一名令人羡慕的儒商。

但父亲教给我的，毕竟已经深深地刻进我的骨子里了，“文化人”“生意人”，我实在难以两全。

那年的深秋，我在大连，感觉挣扎得累了。因为一种机缘，走进了大连理工大学的校园。静悄悄的夜，我一个人听叶落沙沙的声响，看幢幢教学楼窗口明亮的灯光，老家堂屋上那首老掉牙的劝学诗突然闪现在脑海中。那一刻，我想，我还年轻，我也一样有金色的年华呀，我也要读大连理工的硕士、博士，去圆父亲“文化人”的梦。

那时，父亲还健在。我感觉自己身上突然涌现出一种与生俱来的渴求，感到父亲的目光正穿越千山万水向我投来，投到我的脊背上，使我再无理由退缩。

细细想起来，这种与生俱来的渴求是源于父亲和他的书的。父亲去世后，我又一次打开了他的书箱，以为那几摞线装书是善本藏书。我重新翻检，发现都是极普通的书，印刷的时间也不长，多是民国时期的，现在大概都收在老家后来盖的新居里。而表叔题写的那首劝学诗，随着老屋的拆除，没有保存下来，去了它最终要去的地方。

一春柔情

我的家乡安徽桐城产茶。

家乡的茶园都在山上。家乡的山都不高，却层叠无穷，山上溪涧网布，银瀑飞溅，苍松翠竹，云蒸霞蔚。每到春天，兰花满山，香气四溢，于是，兰花带着茶香，茶又吸入了兰花的气息，故茶名为“桐城小花”。

这些都是我长大后才得知的。因为我的家在桐城南乡，这一片有白兔湖、嬉子湖……只有水，没有山，远山环绕，尽在三十里外。

我的家没有茶园，小时候，听老人讲关于采茶的故事。记得老人说，茶叶是极娇贵的，采茶人只能由出水芙蓉般的少女来充当，我辈泥水做成的浊男不配采茶。小时候看山，只见天边一抹的蓝。雨过天晴的时候，远山要清晰些，有时能看清山上的小道。我就想，在山里的茶园，采茶的姑娘，莫非都是天上的仙女吧，她们弯起摘茶的纤纤细指如一朵朵兰花绽放，翩翩的蝴蝶飞来为她们起舞，她们也化作一只只美丽的蝴蝶，飘舞着翩翩的裙裾……清鲜、嫩绿的小叶芽一年四季在茶园里抽长。听着我痴痴地描述，老人笑了，老人说：“傻孩子，采茶只有在春天呢，哪有一年四季都抽长的小叶芽。”

小时候，那种对山的憧憬，其实是一种探求未知事物的渴望。这种渴望一直伴随着我长大。长大后我却离开了家乡，一个人去外地读书、工作了。说起来惭愧，这些年也曾一睹泰山的云霞、太姥山的山石、长白山的松林、香山的红叶……就是没有机会踏进家乡的山里。有一次在家乡先贤方苞的《方望溪先生文集》里读到描写家乡的山的优美文字，我的心就一下子飞回了童年。

终于在一个采茶的季节，我的梦实现了。我的脚踏进家乡的山里，我还认识了一位朴实的汉子，他是一家乡镇茶场的场长。他指着碧绿的茶园告诉我：家乡的茶从生长到采摘到炒制，要经历许多艰辛，经过许多工序，每一道工序都严格要求，都极其讲究。采茶人确实是由少女来充当。家乡的茶呀，具有润泽绿翠、白毫显露、色泽鲜绿明亮的特色，喝起来香浓味淳，回味生津。

顺着他的手指，我看到不远处许多采茶的姑娘——这些美丽的蝴蝶们，她们劳动的身影，仿佛在家乡的春天里翩翩起舞，啊！恍然如梦，竟然跟我小时候想象的一模一样。

那位场长还说：清朝的时候，家乡的茶叶被封为贡茶，只有皇帝才能享用，现在经过改进工艺，提高了产量，走进寻常百姓家，同时也作为礼茶进京，赴人民大会堂参加国宴。

只有皇帝才能享用我家乡的茶的历史，尘封在昨日的泥土里。寻常如你我，今天也来享用我家乡的茶啊。我赠你一杯香茗，小小的叶子绽放在你的水杯里，就有南方的云霞为你蒸蔚而来，就有南方女子的清香为你飘漾而来。

一棵草，一滴露，一杯茶，根根立在水里的翠翠的绿，赠给你的，可是我家乡一春的柔情哟。

故乡的秋叶

我的故乡安徽桐城有山有水，“抵天柱而枕龙眠，牵大江而引枞川”，是一个风光旖旎的地方。春来“油菜吐芳华，千里尽金黄”，夏来“荷叶五寸荷花娇，贴波不碍画船摇”，冬来“岸容待腊将舒柳，山意冲寒欲放梅”。然而，一年之中，色彩最斑斓的季节还是属于秋天。

秋天的时候，故乡的山是万紫千红的，故乡的水是流光溢彩的，故乡的树木都在做着一个个五彩缤纷的梦。

在稻子成熟的气息里，在故乡的秋风里，最早由绿变黄的是梧桐的叶子，还有桃树的叶子。梧桐和桃树像两个急性子的人，它们刚闻到秋天的味道，就做好了迎接冬天的准备，仿佛冬天明天就要到来似的。紧随其后的是柳树和苦楝树的叶子，它们的梢头，一些黄叶还夹杂在许多绿叶中，东一点西一点的，像太阳的光斑在树梢跳跃。也像人到中年的两个人，原以为都是满头黑发呢，不经意间对视，却发现彼此滋生了不少花白的头发，不过到底还是黑发多一些。松树是四季常青的，可秋天的时候，老的松针也受到稻子的蛊惑，一个劲儿地金灿灿起来。柿树的叶子在枝头红彤彤地炫耀着，远远看过来，以为是颗颗熟透了的柿子还挂在梢头呢。秋天的时候，最迷人的还是枫叶。早晨起来，田野里、山岗上，满树火苗在跳动，你凑到枝条间，迎着阳光，对着一片火红的枫叶瞧，那份红艳艳真让人疑心有鲜红的血液在枫叶的经脉间流淌。

故乡的山岗和田野啊，因为这秋天的树木，就变成万紫千红的了。

枝头是叶子的故乡，叶子是故乡的游子。也许梧桐的叶子有好男儿志在四方的气概吧，它就像少年时的我们，总被远方的美好所诱惑着。所以，一到秋天，它就要迫不及待地从枝头飘落下来，去追求它的梦。也许，枫树的叶子是一个离不开母亲怀抱的孩子，整个秋天，它都恋恋不舍地留在枝头。有一年春节，我回到故乡，欣喜地发现，虽然是数九寒冬了，可枫树上还缀着不少火红的枫叶呢，它们都是离不开母亲怀抱的孩子。然而，就像一切游子最终还得离开家乡一样，一切该落下来的叶子最终都得飘落下来。枫树的叶子也不例外。

长在水边的树木，落叶就飘进湖水里、池塘里。故乡一种叫“鲹条”的调皮而机灵的鱼见到落叶就追逐上来，它们嬉闹着，追逐着，盘旋着，片片落叶就被它们旋到湖水的深处，旋到池塘的深处，我故乡的水也变得流光溢彩了。

然而，大多数树木的落叶是要飘落到自己的根部的，“树高千丈、叶落归根”嘛。书上说，落叶飘落到土壤中被细菌分解后腐烂，养分会被植物重新利用；地上的落叶层还能蓄养水分，为种子提供发芽和幼苗生长的温床；有些植物的落叶，还能释放出种间抑制剂，来阻碍其他的植物生长、发育。落叶的作用神奇得很呢！

记得，在我小的时候，许多凋零的落叶，常常是不能归根的。因为那个年代缺柴烧，人们常常使用一种竹制的叫“扒子”的工具把这些落叶扒进竹篮里背回家。落叶要做灶膛里的柴火，然后化作袅袅的炊烟飘散在故乡。尤其是松树的叶子，这些叫作松针的东西具有易点燃、耐烧的特点，是柴火中的上品。为了得到它，人们不但用“扒子”把山岗上的松树林地扒得比打谷场还干净，还爬到树上揪下老的发黄的松针。记忆中，故乡那些被搜刮尽落叶的树木，像非洲那些严重缺乏营养的儿童，一个个面黄肌瘦、无精打采的。

但今年春节回家，走在故乡的山岗上、田野里，我看见松树林里铺满了金黄的松针，像厚厚的地毯，要是把这些松针用竹篮装起来，得装满多少竹篮啊。我一时竟诧异，这么好的柴火怎么就没有人来拾取了呢？乡邻说，现在谁家还拿树叶当柴火烧啊，别说树叶了，塘埂边的芭茅草长得比人还高，都没有人去砍了。现在乡下还有几户人家啊，都上城里去了。依然在乡下的几家，也不烧柴火了，不是用上了煤球，就是用上了液化气。乡邻的话里有着一丝对我无视故乡变化的责备，但更多的还是故乡人已经过上了幸福生活的自豪。短短几十年，换了人间。

听了乡邻的话，我想起了“叶落归根”，落叶不再被人们搜刮干净，“化作春泥更护花”，树木不就可以茁壮地生长了吗？于是，我便留心起故乡冬天树木的风采来，果然看见樟树、冬青、柏树……这些四季常青的树木的小小叶片儿片片都是绿润润的。松树的叶子，针尖上的绿真要滴下来了。而那些落叶的乔木，虽然枝条上光秃秃的，但树干总萦绕着一种灵秀的气质。我想，春天来的时候，万木复苏，那醒过来的精气神儿，会让看到的人怎样的舒心呢！

深秋了，我故乡的山岗上、田野里、池塘边，各种树木又该做起五彩缤纷的梦了吧。你们读着我故乡斑斓的秋色，可曾想到我在写关于故乡的文字时，胸中经历着怎样的百折千回呢？

小小毛驴儿

第一次，看见小小的毛驴儿，是在十年前，我坐车到淮北平原的路上。车过淮河，迎面过来一列长长的驴车队。路很窄，赶车的人举着长长的鞭，在道沿慢慢地走着。我们的车也被迫慢了下来，司机一边小心翼翼地开着车，一边不满地嘟哝着。

我在南方的乡下长大，以前只在反映战争年代的电影里见过这小小的毛驴儿，所以，那一幕，我至今还清晰地记着。

那时候我就想：咱们人类真是了不起啊，这毛驴儿，“虎见之，庞然大物也”，我们的老祖先没被它吓倒，却捉来为人类效劳。当初把木车上的皮套兜到驴脖上的人，不知是何许人也，《诗经·氓》上有“以尔车来，以我贿迁”，我琢磨了一下，他该生在两千多年前吧，要是生活在现在，真该授给他一个“突出贡献奖”呢！

那时，这小小的毛驴儿便成了北方最主要的交通工具，一直到现代文明诞生之前。

在北方的乡下，也有马车，但很少，不像驴车那样普及。而且，从前驴和马是分在壁垒森严的两个阶层的，在穿着打扮都有讲究的社会，

“苍头”（平民）岂能问津马呢？要不，稼轩的词《青玉案》描绘元夕盛景，说的是“东风夜放花千树。更吹落，星如雨。宝马雕车香满路”。他如何不说“宝驴雕车香满路”呢？

“骑驴看唱本——走着瞧吧”，更有那“君了固穷”的寒上连驴车也坐不上，只能骑着小毛驴儿“哒哒……”地行。小学课本上，有“东郭先生和狼”的故事，一开头就这样写道：“东郭先生牵着小毛驴在路上走”，您看，东郭先生就是这么一位。

还有那位字“留仙”的蒲公，不也曾骑着这小毛驴儿，一次次地到京城赶考，又一次次地骑着毛驴回来。他一声声的叹息都被这“哒哒……”的驴蹄声给踏碎了，留下来一部《聊斋志异》，冠绝古今。您看一部文学史，竟有一页是从这驴背上驮来的呢。

先贤都走了，化作了云烟，没走的，还有这毛驴儿。

即使是十年后的今天，在大连这个北方最开放的城市，我也常常能见到这小小的毛驴儿，在城市的一角，在我的眼前活泼地走着。

它已经走了两千年了，还要再走多少年？

和十年前比起来，如今北方的乡下，越来越多的农民都买了农用运输车、汽车什么的了，小小毛驴儿毕竟是少了。十年前，我见的那个长长的驴车队，怕只能从记忆里去找寻吧。我们这一代人再加把劲，把这作为交通工具的驴和驴车，以及一切落后的生产方式都锁进历史的仓库中吧。

也许在不久的将来，您会发现：在劳动公园的草坪上，和美丽的梅花鹿在一起的，还有那卸下皮套的小小毛驴儿——它们也是楚楚动人的呀。

小　站

在我的记忆里，珍藏着关于一个小站的故事。

那是在一个深秋，我还在做小五金生意，因为生意不好做，所以常常需要去同行不肯去的地方。一天，我独自跑到属于大连市的一个偏远的北边小镇去，收获并不大。办完事，天也快黑了，还有点冷，我准备在小镇住上一宿，乘凌晨那唯一的一趟列车返回。

我在镇上转了一转，一摸兜，急出了一身冷汗：身边的钱不知何时被哪个“朋友”“借”去了，翻遍了口袋，结果只找到一张十元人民币。

我想，旅店是住不成了，我这十元钱，还够返回的路费，真是谢天谢地。这一宿，就去车站猫着吧，何况，我很年轻，没什么可怕的。

车站里，有一个小小的候车室，也就三十平方米左右。靠墙有一圈椅子，是用水泥抹的，一端的墙上有个小窗，上面用红字写着“售票处”。

我进去的时候，还没有开始售票。小窗里面用布严严实实地挡着。

候车室里，已经有了一对农民夫妻，岁数都很大，像是从更远的乡下赶来的。还有一个看着像是智力有障碍的人，已经穿了厚袄，缩在墙角，一动不动，像一堆破棉絮。

我又疲又乏，拣一个远离他们的墙角，躺了下来。

夜渐渐地深了，这北边的鬼天气，忽地更冷了，还起了风，在室外呼呼地叫着。

我身上衣服穿得少，把头和脚都蜷缩在一起，还是觉得身上愈来愈冷，脖子愈来愈寒，愈觉这椅子冰得瘆人。

我很瘦，这寒好像一直要冰到我的骨头里。站起来冷，坐下去冷，缩起来还是冷。快到点了吧，一抬腕看表，才是午夜十二时左右，我想起了不知从哪本书上看到的一句话："这夜可真难熬啊。"

水泥椅子冷得成了一块冰，我不得不站起来，搓着手，跺着脚。

那一对老夫妇，抬头看了我一眼，又抱头睡在一起。那个像是智力有障碍的人还是缩在墙角，一动不动的，让人羡慕。

我闹的动静一定很大。

小窗的布帘拉开了，露出一位四十岁左右女同志的脸。她瞅了我一眼说："给你一个棉布垫吧，铺到椅子上暖和些。"她的声音好柔和，多少年来，一直在我的耳边萦绕着。

我觉得她很像我的姐姐，眼神是那么慈祥。我赶忙道了谢，她又递过来一杯热开水，这杯水，捧在手中，如守着一个小小的火炉。几口热水下肚，顿觉一股暖流涌遍全身，我的眼睛也潮湿起来……

这一杯白开水，一杯来自素昧平生的人的白开水，让我一辈子也不能忘记。

多年以后，我碰见诗人张昌军，他说，他常常半夜里起来，喝一杯白开水，半夜里喝水的滋味是不一样的。斯时，诗人一边细细地品水，一边神游九天、极目八荒，他是在细品人生吧。所有的滋味，他都能品遍吗？至少，我的那一夜，在小小的车站，那捧在我手心里的一杯白开水，他是品不出的。

感谢生命，曾让我走进那小小的慢车站，给我的人生，添了多彩的一笔。

哦，乘快车的您是体会不到的。

注：1999 年 2 月 15 日（是这一年的除夕），大连晚报的编辑王生田先生把我这篇文章刊发在晚报副刊《三色帆》上，1999 年《青年博览》第 5 期转载了此文。“小站”其实仅是一种比喻，人生逆境的比喻，读者不必认真追问我是否有过这样的人生经历。《三色帆》已停刊经年矣，我也从大连来到了北京。重拾旧作，想起在大连的人和事，心里充满了温暖的感觉。

家乡的味道

农历三月三的那天，我家乡的朋友在微信里晒蒿子粑，烙熟后的蒿子粑像一只只圆圆的月饼，烤得浅黄的米面上点缀着青绿的蒿叶。看着这图片，似乎米面的清香和青蒿的香味正向我阵阵袭来。心里猛然一惊，离开家乡三十年，三十年里竟然一次也没有尝过蒿子粑的味道，可是它的味道在我的记忆里深刻着呢，似乎从来不曾消减。

在我的家乡，三月三吃蒿子粑，就跟端午节吃粽子、中秋节吃月饼一样，是自古沿袭下来的习俗。

三月三那天，在田间地头鲜美的青草间，找到那些点点散布着的香蒿，采回来，洗净，用开水焯一下去苦味，与米面一起拌匀，做成月饼状下锅烙熟。烙好的蒿子粑外脆内软，细而不糯，咬一口，青蒿的味道就萦绕在齿间久久不去，烙印在记忆中三十年。

这些年，也曾动过三月三那天做一回蒿子粑的念头，可是在北方，不知道哪个郊外能寻找到那散发着药草一样清香的肥嫩鲜蒿，只好屡屡作罢。

由于蒿子粑在北方不能做，我也从来没有做过，不知真要做的时候，自己能不能做成功。但家乡的另一道菜——山粉圆子，现在的我烹制起来可谓得心应手。

在我的家乡，人们把红薯叫作山芋，山粉就是红薯的淀粉。在秋天，人们把成熟的红薯洗净了，磨碎、取汁、晾干，得到红薯的淀粉。城市的超市里买不到，我春节回乡探亲的时候，亲友殷勤相赠，家乡的山粉才跟着我来到了北方。

做山粉圆子这道菜，首先要取适量的山粉加水调成糊状。锅中注入少量油加热，防止粘锅。油热即把调好的山粉糊倒入锅中，用筷子不停地搅动、糊干，用铲子翻成烙饼，烙好了的饼色泽呈半透明胶状，无白色夹心。这是做好山粉圆子这道菜的一个核心步骤。

我一开始却掌握不好这烙饼的功夫，常常弄得外面糊了，而里面的山粉还是白色。后来，灵机一动，把山粉经过简单的翻烙之后，取到案上切成块，再放入锅中加水煮熟，煮熟后的山粉块成了一个个晶莹剔透的山粉团。捞出去水，置入盘中。取适量五花肉，煎炒七分熟时，把盘中的山粉团倒进去，先后加酱油、蒜瓣，至汤汁变稠时，撒上葱花，一盘色泽金黄、清香四溢的山粉圆子就做好了。品品那圆子，软而不糯、甘美如饴；品品那五花肉，香糯不腻、入口即化、回味生津。

掌握了做山粉圆子的诀窍后，我就常常在家中卖弄这技术。有一回，我在厨房卖弄，调糊、切肉、剥蒜、切葱……邻居胡姐来找我爱人聊天，时候不早了，胡姐起身告辞。我的山粉圆子恰好烧制成功，清香溢到客厅，胡姐挪不开步子了，吸着鼻子打听这香气的由来。正是吃饭的时间，我说："留下吃饭吧。"胡姐还客气，说："唉哟，我可在减肥，晚饭只吃一根黄瓜一个苹果的。"临了，一盘山粉圆子被她一个人吃了半盘，不好意思地擦着嘴笑着说："能品尝到如此美味，管他减肥成功不成功呢，撑就撑一回吧。"

许多朋友品尝到我做的山粉圆子后，都对我家乡的美味羡慕不已，纷纷做出将来要去一游的决定。

我家乡还有一种风味小吃，叫米面。这米面和前面说的蒿子粑的米面可不是一回事，蒿子粑的米面指的是米粉做的粑面，而我现在说的米面，是用米浆蒸制成面条，类似于云南的米线，吃起来却比云南米线劲道，味道也有许多细处的不同。这米面只有在我的家乡桐城才能买到、品尝到，到了省城合肥，超市里虽然也有卖米面的，吃起来却不是我家乡的味道了。

记得有一年，我母亲煮米面时，佐入了湖里刚捕捞上来的、身长不盈一寸、通体透明的小银鱼。我吃过后，那份清香、那份鲜美，至今只要一回味，仍令人垂涎欲滴。

家乡的味道啊，就是那浓浓的乡愁，久久地、久久地弥漫在游子的心头。

嬉子湖上的月

“嬉子湖位于桐城东南部，因沿湖儿童常嬉戏于湖中而得名”，我家乡的人这么介绍着嬉子湖。

我的童年却没有享受到这份野趣，因为我所在的村庄离嬉子湖边有15公里。而且，那时候的嬉子湖还是藏在草泽中的一颗明珠，远没有现在“国家4A级景区”的名气，所以，我也就没有了跑15公里的路去嬉子湖里嬉戏的动力。

记忆中第一次与嬉子湖相遇，是个晚上。那年我五六岁吧。那时，舅爹爹的船队停靠在嬉子湖装粮食，装满粮食后从嬉子湖出发，再经过12公里的长河，船队就进入长江了。舅爹爹常年在水上漂，还没有见过我的模样呢，而他白天又要忙着装货，实在没有时间，便托人捎话来，嘱咐父亲晚上领着我到他的船上一见。

到了湖边的时候，湖上的月早就升起来了。舅爹爹的船队，并排靠在一起。几盏渔火亮在船上，倒影闪烁在水里，让我疑心是来到了仙境里。父亲牵着我的手，上了跳板，在船和船之间穿行。船头木板上新刷的桐油味道，以及甜美的湖水中夹杂的一点浅浅的鱼腥味，让我至今回味绵长。那晚，湖上的月亮像新雨后的一样澄明、皎洁，月光照在水面上，似乎有无数只流萤随着水波一漾一漾地往前飘荡……一直飘进我童年的梦里了。

在我们桐城，“舅爹爹”一词是奶奶娘家兄弟的称呼。我奶奶的娘家兄弟都是船员。我们家乡的人又把船员统称为“跑船的”，不管他是船长、大副，还是普通的水手。小时候，听奶奶说我的父亲也差一点儿成了“跑船的”，可是我父亲差不多算是独子，将来要做家里的顶梁柱。爷爷说，“行船跑马三分命”，我爷爷舍不得让父亲去跑船呢。

小时候，我却对跑船人的生活充满了向往。总觉得他们走南闯北，跑过大码头，见过大世面，是“喝江水，讲海话”的人。

我年龄稍长时，我的大姐出嫁了。说来也巧，大姐嫁到的地方叫“鲟鱼”，就是嬉子湖水过 12 里长河，流入长江的入口处。当年，大姐的家距长江江堤不过 100 米远，而且我的大姐夫也是一名“跑船的”。

大姐夫健谈，每次一来我家，喜欢把他跑船的见闻讲给我父亲听，我当然也很喜欢听了。大姐夫的船队常跑常州和镇江。所以，我在少年的时候，就知道了常州有个红梅公园，还有个瞿秋白纪念馆。镇江有“三怪”——香醋摆不坏、肴肉不当菜、面锅里面煮锅盖。

大姐出嫁后，我有更多的机会亲近嬉子湖了。去大姐家，要乘一条往返的“机班船”。这条“机班船”跟我后来在大连海滨所见的小型游艇类似，但行走的速度极慢，十几公里的水程，它要行驶将近两个小时。

暑假，我从嬉子湖出发，坐上这条“机班船”。我喜欢站在船头，看湖上的景色。船沿着湖边走，湖边的青山都不高，山上生长着竹子、松树、枫树……青绿绿的一片，间或露出一块、两块山岩，或类绵羊，或类水牛，或类顽猴……都极为俊俏。

船在湖中走，若没有柴油机的轰鸣声，就像一只随着流水缓缓行走的木排。青山倒映在湖中，澄澈的湖水也成青绿的了。在满眼青绿的背景下，船上柴油机的轰鸣声，不时惊起在不远处沙洲上憩息的白鹭，“惊起却回头”。有调皮的鱼儿跟着船赛跑，而野鸭呢，成双成对地在湖中游来游去。真是“沙鸥翔集，锦鳞游泳”，让那时候的我愈加感到这就是仙境了。

有一年暑假，从嬉子湖出发，我还跟着大姐夫的船，在长江上生活了七日。我的父亲是一名饱读诗书的乡村文人，他虽然没有离开过家乡，可他从书本上熟知了长江沿线许多风物掌故。父亲也希望有机会像嬉子湖的水一样，流过长河，流到长江的沿线去看一看。可家中农活忙、琐事多，他一直没有寻觅到合适的机会，这样的心愿在父亲的心底惦记着呢。所以，我在研究生毕业前夕，对他说起打算去南京或苏州工作的话，他听后，感到非常高兴。

那年春天，我硕士毕业在即，父亲却卧床不起了。父亲患的是晚期肾癌。全家的人都向他瞒住了病情，他也以为自己只是得了中风的毛病。与此同时，我们用中医药调理着父亲的身体，期盼着能够出现奇迹。父亲病重期间，我安慰他，等他病养好了，我的工作也定下来了，就把他接到南京去。父亲老了，也该享受生活了。到了那一天，我们从嬉子湖出发，过 12 里的长河就到长江了，江水往东走，经过马鞍山的采石矶，就到了“桨声灯影里的秦淮河”。病中的父亲听我说完，黯淡的眼里现出熠熠的光，可他等不到我毕业了……

父亲去世后，母亲也离开了家乡，住进合肥我弟弟家。可是我的老家还有亲友呢，嬉子湖边还住着我的表叔一家呢。

今年春节回老家探亲。表叔知道我是个爱湖的人，我一到他家，就把我领到嬉子湖边。嬉子湖春来早，漫步湖边，湖边的小草已经迫不及待地绿起来了，颇有“草色遥看近却无”的意趣。放眼湖上，“清风徐来，水波不兴”，湖水轻轻地荡漾着，像一匹无边的丝绸。

湖的那边，一抹黛青色的地方，是黄梅戏表演艺术家严凤英的故乡。

当年的她也必定是从嬉子湖出发的，然后把黄梅戏这个地方小戏带进了艺术殿堂。

悠悠嬉子湖的水啊，孕育了一方人杰地灵。有多少嬉子湖的儿女，长大后，随着嬉子湖的水，来到了长江，来到了长江沿岸。而他们也多凭着勤劳、纯朴、善良的品格，在长江沿岸生根，闯出了自己的一方天地。譬如说，江苏雨润集团的祝义才，有多少南京人不知道他的名字呢？可又有多少南京人知道他是从嬉子湖畔出发的呢？

在嬉子湖畔徘徊，我的表叔还告诉我，嬉子湖白天的景色是美的，可夜晚的嬉子湖也别有一番风韵：晚凉风静，仅凭湖上几盏忽隐忽现的渔灯，都能让从都市风尘仆仆过来的人有一种脱离尘世喧嚣的感觉。

听着表叔的描述，我一下子想起童年时的那个月夜。恍惚之间，我仿佛看到了有谁不经意地拨动了木浆，发出了“欸乃”的一声。表叔不会知道，那一刻，我想象中的“欸乃”一声，拨动的不是湖水，是我的心哪。而微风正把湖水的气息带过来，有甘蔗香甜的芬芳，还有丝丝水草的腥味，久久地在我的心头弥漫。

今夜，宁静的月光从我的窗前透过来，让我思念起家乡的嬉子湖了。我忽然想，那些曾经随着嬉子湖的水，流到长江沿岸的游子们，今夜，会不会也有人像我一样想起了嬉子湖上的月呢？这月光随着湖水，“滟滟随波千万里”。若是你们想起了自己的童年，你们可以漫步到江边，掬起嬉子湖流来的月波啊。

可我的父亲呢？我的童年呢？我童年的故事呢？我该上哪儿去寻找你们啊……

合肥李鸿章故居游记

正月初三的下午，雪后初霁。我在合肥，和母亲来到位于淮河路步行街中段的“李府”——李鸿章故居。这一天的门票很便宜，每人十元。平常的日子，门票是每人二十元。我购得两张，还得到了售票处赠送的约两寸见方的“李府糕点”一块。我看了售票处的说明，原来正月初这几天，“李府”推出优惠游活动。平常的日子，游客大概享受不到这样的美味。

“李府”前后共五进，自南向北依次为大门、过厅、中厅，以及内眷所住的“小姐楼”。有关资料说，“李府”占地2500平方米，建筑面积1900平方米，是合肥市现存的规模最大的名人故居。

两扇高大厚实的朱漆大门，门前高挑两只写有“李府”字样的灯笼，再加上门前一对威武的石狮，这些平时只能在电影里见到的场景，吸引人迈上高高的台阶，去领略昔日主人的不凡气势。跨过高高的门槛，外面是一进狭长的院子，宽度大约只有三米左右，对面的建筑是过厅。坡型屋顶上的积雪正在融化，这天温度升得很快，积雪融化后从房檐上流下来，形成一道雨幕。从大门到过厅，要穿越两道雨幕，不小心就能溅湿衣襟。过厅正中是一座屏风，上方高悬一块匾额，上书“钧衡笃祜”四个字。“钧衡”指的是重臣，“笃祜”指的是厚福，有关资料说，这四个字是李鸿章七十大寿时光绪皇帝御笔所赐，以示对股肱重臣的褒奖。木板制成的屏风，整块厚度约有两寸，无声地诉说着主人的身世不凡。

迈出过厅的高高的门槛，外面又是一进狭长的院子，宽度与前面的院子相同。对面的建筑叫中厅，又称福寿堂。从过厅到福寿堂，也要穿越两道雨幕。想昔日的主人，从大门到福寿堂，逢下雨的日子，也要越四道雨幕，甚是不便。这么一座富丽的豪宅，却也有一些不便的地方，是否隐含“生于忧患，死于安乐”的意思，凡事不可太圆满，有“月满则亏，水满则溢”的儒家思想在内，也未可知。

过福寿堂，转屏风，就进入内眷所住的“小姐楼”，也就是戏曲中所说的“闺房”或“绣楼”。“小姐楼”为一座封闭回廊式木楼，典雅古朴。有关资料说，楼上东首第一间是李鸿章幼女菊耦（著名作家张爱玲的祖母）所住，正中是老夫人所居。“小姐楼”后，原有一个很大的后花园，但现在早已湮没在历史的烟尘中了。

故居的主人李鸿章无疑是位人中豪杰，这位豪杰断非那种草莽英雄可比。李鸿章和曾国藩一样，都是以文人的身份而成为运筹帷幄、决胜千里的统兵元帅。我觉得李鸿章人格的完善在于其深得儒家思想的精髓。梁启超的《李鸿章传》中，有一段关于李鸿章在马关遇刺后“伟丈夫”形象的描写:“当遇刺之初，日皇遣御医军医来视疾，众医皆谓取出枪子，创乃可疗，但虽静养多日，不劳心力云。鸿章慨然曰：国步艰难，和局之成，刻不容缓，予焉能延宕以误国乎？宁死无剩割。之明日，或见血满袍服，言曰：此血所以报国也。鸿章潸然曰：舍予命而有益于国，亦所不辞。其慷慨忠愤之气，君子敬之。”《李鸿章传》中还有不少关于李鸿章为人处事的描写，有一段说李鸿章“治事最精核，每遇一问题，必再三盘诘，毫无假借，不轻然诺，既诺则必践之，实言行一致之人也”。

然而，就是这么一位差不多有“完人”性格的李中堂，后世对他的评价却“毁誉参半”。有论者说，“识时务者为俊杰”，如果李鸿章学习他的老师曾国藩，在平太平天国或者在平捻后，功成身退，自不失一世清名。奈何他不识时务，处权力的巅峰而不思退隐，以致落下“甲午海战”之败和《马关条约》签订两大败笔。初听来，也的确不无道理。

但后来我想，作为李鸿章，他自身其实比我们今人更清晰地明了自己所处环境的艰难。那么他早知“晚倾波涛离海岸，天风浩荡白鸥闲；舟人哪知伤心处，遥指前程是马关”，那他偏偏还要往马关那畔行干吗？另据有关资料记载，甲午战事结束后，李鸿章曾忧愤地说：“十年以来，文娱武嬉，酝成此变。平日讲求武备，辄以铺张靡费为疑，至以购械购舰悬为厉禁。一旦有事，明知兵力不敌而淆于群哄，轻于一掷，遂至一发不可复收。”自“十年以来”一句，可知文娱武嬉一事为积弊。他自身又没有能力革除积弊，可知李鸿章清醒地知道自身所处环境艰难，如陷泥沼。陷入泥沼而不知自拔，李鸿章究竟想干吗？是不是这些都可以归结到李鸿章的“不识时务”上呢？似乎是，又似乎不是。这日，在李鸿章故居的青砖上漫步，我一时也难以寻觅到合适的答案。

《李鸿章传》还记载了李鸿章的一件逸事：李鸿章生平最遗恨一事，曰未尝掌文衡。戊戌会试时在京师，谓必得之，卒不获。虽朝殿阅卷大臣，亦未尝一次派及，李颇怏怏云。我觉得这件事很有趣，从中可见李中堂其实也是一位性情中人。然而梁任公对此事的评价却是：以盖代勋名，而恋恋于此物，可见科举之毒入人深矣。

梁任公对李鸿章的评价颇客观公正，他的《李鸿章传》一书也被誉为二十世纪四大传记之一。我对他文中的观点多叹服，独此事不敢苟同。梁任公为广东人，他能见科举之毒入人之深，却不能见“万般皆下品，唯有读书高”入皖人心之深也。任公若明白这一层意思，便不难明白为何从前的徽商即便在外面攒下万贯家财，这万贯家财也要留给子孙做读书的费用了。任公若明白这一层意思，便不难明白为什么我们桐城人有“穷不丢书，富不丢猪”一说了。皖地自古多才俊，盖一方风俗出一方人也。

来到李鸿章故居参观的这天，母亲和我形影不离。她不识字，而故居内展出的多是文字材料，我在细细浏览这些文字材料时，她就在一旁默默地看着我。那年我腊月二十九回合肥，正月初四就要回京。假期太短，短短的六天里，母亲须臾也不舍得离开我。母亲对儿子的爱比海水还深。

回京后的这些天里，我思念着母亲，突然就想到李鸿章生逢清廷最黑暗、最动荡的年代，他的每一次“出场”无不是朝廷大厦将倾之时，承担的无不是“人情所最难堪”之事。在马关，他也清楚这个丧权辱国的条约一旦签订，自己必然要背上千古之骂名。他说，“七十老翁，蒙汉奸之恶名，几有求生不得，求死不能之势”。他能清醒地看到自己将来可能谤满其身，可他还是义无反顾地做了。从这个角度来说，我们还能说他是一个“不识时务”的人吗？李鸿章对清廷的感情又何尝不是比海水还深呢！

对于李鸿章的“毁誉参半”，《李鸿章传》开篇有一段精辟的话：“天下惟庸人无咎无誉。举天下人而恶之，斯可谓非常之奸雄矣乎。举天下人而誉之，斯可谓非常之豪杰矣乎。虽然，天下人云者，常人居其千百，而非常人不得其一，以常人而论非常人，乌见其可？故誉满天下，未必不为乡愿；谤满天下，未必不为伟人。”这句话足可为有积极进取心却又顾虑满怀的人借鉴。

不知道是不是推出优惠游的原因，正月初三那天下午，来李鸿章故居参观的人很多，可以用“络绎不绝”四个字来形容。各种各样的人都有，但不知有几个人能读懂李鸿章。

蒲公英的种子

当我和二弟做出明天就去江西的决定时，母亲似乎是为了再次证实一下，盯着我说:“既然这么决定了，那我就开始收拾东西啦。”我说:“你收拾吧。”

然后，母亲就进房间了。其实并没有什么东西要收拾的，母亲只是进了房间，换了一身崭新、洁净的衣服出来，仿佛我们立刻就要出发似的。皱纹在母亲的脸上像绽放的花瓣一样舒展，那花瓣上写满的是喜悦和激动。

我们要去的地方是江西省彭泽县，那个陶渊明当过县令的地方。这是一个紧邻安徽的县，与安徽省宿松县隔江相望。在彭泽县清风岭垦殖场，生活着母亲的大姐和二姐——我的大姨和二姨。只不过，许多年前我的大姨就已经把自己的骨头埋进那片土地里了。而母亲也有三十年没有去过那片土地了。

所以，母亲就很激动、欣喜，激动和欣喜中似乎又有些心神不宁。她换好衣服出来，郑重其事地嘱咐我：“先给你二姨打个电话，好知道她在不在家，免得明天去扑个空啊。”话说出口，母亲就觉得不妥，又说，

“你二姨不在家，又能去哪里呢？她有两个小孙子，一个三岁，一个两岁，她哪里也去不了，肯定只能在家带孙子。可是，你还是先给你二姨打个电话，免得明天突然到了，你二姨一家措手不及的。”

我拨通了二姨家的电话，这么多年来，我还是第一次给二姨打电话呢。电话里传来一个苍老的女音。我喊了她一声“二姨”，她愣住了。母亲把电话拿过来，说：“刚才和你说话的，真是你的外甥，对对对，是大老表，明天我们去看你，还有二老表。”二姨很兴奋，电话里声音大起来，我听得真真切切的。二姨说：“你说的是真的吗？是真的呀！一开始我还不敢相信是真的，你们真能来，那太好了！”二姨说的“大老表”指的是我，二姨是跟孩子们叫的，我们老家那一片把“表兄”“表弟”都唤作“老表”。

母亲收了电话，我也很激动，说：“我长这么大了，明天，才第一次见二姨呢。”

母亲立刻纠正我：“你哪是第一次见二姨呀，你小时候，二姨回娘家，还抱过你呢。”但这件事于我是一点印象都没有。这说明二姨抱过我的时候，我还不记事呢！这不算真正地见过二姨。

但如果以此来证明我明天将是第一次见二姨还是不准确。我记事时，记得在我家的镜框里，有一张二姨的照片。那是一张黑白照，照片上的二姨，一张清秀的瓜子脸，虽然穿的是那个年代的制服，但仍难掩她苗条的身材。镜框挂在母亲的卧室里，二姨站在上面，两条长长的辫子垂挂在胸前，一只手抚弄着辫梢，笑意盈盈地望着我们一家人。所以，我熟悉二姨的模样。

我家在安徽省桐城市朱桥乡。我外婆的家在近邻的高桥乡，距我家只有五公里。二姨父的老家也在高桥乡，距外婆的家还不到一公里。

我们常讲“故土难离”“叶落归根”。可年轻时的大姨和二姨为什么要跑到离家乡那么远的地方呢？而且，离开了就不回来了。小时候，我就此问题问过父亲和母亲。父亲回忆着说："还不是因为三年自然灾害闹的！尤其是到了一九五八年那会子，许多人都没得吃，只能吃树上的树皮和地上的草根，后来连树上的树皮、地上的草根都被人吃个精光，没得吃了就吃土，弄得村子里天天都死人。这个时候，有老乡从彭泽县带信过来，彭泽山高林密，人烟稀少，在大山里面开荒养殖，饿不死人。人活着不就是为了一张口吗？"父亲对母亲说，"当年，你不是也差一点跑到彭泽去了吗？"

母亲有些羞涩地说："哪是差一点去了！是去了，又回来了呢！"

迄今为止，母亲一共去过两次彭泽县清风岭垦殖场。第一次是父亲说的一九五八年。那一年，母亲才十六岁。

大姨和二姨到了彭泽后，托人捎口信给外公和外婆。我从未见过我的外公，听母亲描述，外公常常穿着一件蓝士林的长褂出门，外公的手上还提着一根长长的旱烟袋。母亲说，那个年代，乡间有件蓝士林长褂的可不是一般的人，我的外公是位牛经纪。牛经纪不是牛贩子，牛贩子只贩牛，牛经纪除贩牛外，帮人相牛也是一项主要收入来源。外公相牛的水平很高，闻名十里八乡，所以到处吃香喝辣。可是，一九五八年时，这位牛经纪无牛可贩，也无人请他相牛。一九五八年时，这位牛经纪旱烟抽得更凶，他常常捧着长长的旱烟袋，蹲在门前一块废弃了的石磨上，大口大口地抽烟，浓浓的烟雾从两只鼻孔喷出，在他的眼前弥漫开来，遮住了他愁苦的面容。

外公在一九五八年接到两个女儿的口信，内心很踌躇。外婆一生生了十个子女，而长成人的只有五个，按年龄排下来是：大姨、大舅、二姨、小舅、我母亲、小姨。一九五八年时，大舅已经是个手艺人，在国营的木器厂做工。家中虽然没有余粮，但也不是家徒四壁，所以外公不舍得丢弃这个家。大姨和二姨带来的口信是，到了这边，人肯定饿不死，但过日子也很不容易，因为一切要从头开始。

外公接到两个女儿的口信后，足足抽了十袋烟，然后把旱烟袋往鞋跟上一磕，从石磨上站起身，外公家的一个重大决定诞生了：外公决定小舅和小姨留守，他携带外婆和母亲先到彭泽看看，如果那边住的地方确实弄妥帖了，到时再接小舅和小姨过去不迟。

外公、外婆和母亲出发的那天，是五月的一个清晨。家中储备的一点粮食差不多能够让小舅和小姨渡过这个青黄不接的季节。这天清晨，东方刚露出鱼肚白，而一轮半圆的月还挂在西天，尚未隐去。露珠在路边的小草上无声地滚动，像外婆的泪在脸上悄然滑落。

外婆第一次出这么远的门，一步三回头，仿佛她的心不是一颗心，而是一颗茧，一根丝缠在家里，走一步，丝就扯一截。外公狠着心说外婆："瞧你这点出息！"说完，外公也觉得自己嗓子眼发紧，他低着头，拉着母亲的手往前紧走了几步。

这一天，外公只穿着那个年代流行的旧单衣，我不知道他为什么没有穿那件代表他身份的蓝士林大褂。是因为牛经纪无用武之地了，还是因为江湖险恶，怕途中引起不必要的麻烦？至今成为悬案。母亲倒是穿着件新花衣，把自己打扮得像是要去走亲戚一样。

母亲的确是去走亲戚，只不过，出发时她不曾想到，这走亲戚的路这么长。

我曾经在地图上，一遍一遍地搜寻母亲当年行走的路线。从安徽省桐城市到江西省彭泽县城，走高速的话，是一百七十公里。如果不走高速，走省道，有二百八十公里路程。从彭泽县城到清风岭垦殖场，有四十公里。以最远的路程计算，不过三百二十公里的路程。如果开车，车速平均每小时五十五公里，跑完全程不过六个小时。

可我的外公、外婆和母亲在一九五八年只能靠自己的脚远行，外婆还是小脚，走路的艰辛可想而知。每天走四十公里，十六岁时的母亲走完全程用了八天的时间。八天后，见到大姨和二姨，母亲的新花衣已褴褛不堪，外公和外婆也成了一对老叫花子的模样。

这一次，母亲在彭泽待了有半个月左右。外公拖着外婆和我母亲住在两个女儿家，日子过得也很凄惶。半个月后，有人从桐城捎口信来，上面的救济粮下来了！想回家的就回家吧！我们饿不死了！

大姨、二姨已经分别有了大姨父、二姨父，大姨父、二姨父同样是从安徽省桐城市来的，他们不想就这么回家，春天，他们已经在这里种下了种子，他们要等待秋天的收获。我曾经问母亲："当时你是愿意留下来还是回去呢。"记得母亲说："我还是想家呢，尤其是想你小姨。"

外公和外婆毫不犹豫地拉着我母亲的手踏上了返乡的路。这一走，又是八天。这条路，外公只能走这一回了。这年的冬天，外公就没了。我不知道外公在去世之前是否有了某种预感，所以，当初才那么毫不犹豫、义无反顾地走了回来。外公是"叶落归根"了。

母亲不识字，问她十六岁时的行走路线，她只能大概说出路过的地点，她说经过了怀宁、太湖、望江、宿松，过江才到彭泽县的。第一次到彭泽，来回过江，江上都是风平浪静的。

我找来地图，用笔把这些地方连起来，连成一条线。这条线一头挑着江西彭泽，一头挑着安徽桐城，弯弯曲曲地，像不停跳动的心弦。

晚上，母亲又和二姨通了一次电话，告诉二姨我们明天大约到达的时间。然后，和我们坐在灯下的沙发里，聊大姨和二姨家的故事。母亲说，大姨父是参加过抗美援朝的退伍军人，所以，他的两个儿子，一个叫抗美，一个叫援朝。后来，参加过抗美援朝的退伍军人是能享受政府抚恤的，可是大姨父却享受不到，因为他退伍后，政府安排工作了，他自己不干，一九五八年跑到彭泽来开荒垦殖，把证明他曾经参加过抗美援朝经历的档案都丢失了。母亲说，大姨父生前不曾伸手向政府要过一分钱。没想到他死后十几年了，我的表兄抗美和援朝却在不依不饶地向当地政府申领父亲的补助款。我听了，觉得母亲似乎说的是一个与我们无关的故事。

这个晚上，母亲还向我们透露了一个小秘密。当年，二姨在家的时候，许配的第一个对象，并不是我现在的二姨父，而是本村的一位小学老师。

年轻时的二姨却鬼迷心窍地喜欢上了邻庄的一个小篾匠。篾匠虽然没有什么文化，但有一双巧手，能把竹子削成丝一般柔韧的竹片，编织成各种各样的竹器。

“篾匠手再巧，在当时也是不行呀，人家做老师的，毕竟是正式工作，是工人，干到现在退休了，退休金都不少拿。”母亲说。母亲把一切有正式工作的、将来能拿退休金的人，都唤作“工人”，那些年如此，这些年还是如此，不管对方是“公务员”，还是“教师”“律师”。

母亲不知道，让二姨鬼迷心窍的小篾匠不仅手巧，嘴也巧，心也巧。嘴巧心巧得让那个站在我们家镜框中笑意盈盈地望着我们一家人的二姨义无反顾地跟着他往彭泽跑，并且让他成了我的二姨父。这是多么具有诗情画意的爱情故事啊。他们双双奔向那个陶渊明曾经当县令的地方，“寒窑虽破能抵风雨，夫妻恩爱苦也甜”。这又像一切童话的结尾：历经坎坷的王子和公主从此过上幸福美满的生活了。

然而，童话毕竟只是童话。追求到甜美爱情生活的二姨和二姨父并不总是琴瑟和鸣，相敬如宾。两个人也常为生活中一些鸡毛蒜皮的小事闹得面红耳赤。母亲第二次去彭泽就是因为二姨和二姨父的家庭纠纷，只不过这一次闹得大一些。二姨父给我母亲发了六个字的电报：二姐病重，速来。

这是在一九八一年，这一年我一岁半的小弟还躺在母亲的怀里吃奶。

这一年，我的小姨去了山西小姨父的单位，外婆已去世多年。大舅、小舅和母亲心急火燎地往江西赶。

母亲抱起小弟的一刹那，愁容笼罩着面庞。十六岁那年远行的艰辛让母亲心有余悸，更何况现在还抱着一岁多的娃娃。大舅和小舅安慰母亲："现在和那些年不一样了，不用步行，我们坐长途客车去，坐到宿松，然后从宿松过江，江那边就是彭泽县城。"

母亲坐上了长途客车，然而从未坐过车的母亲晕车晕得厉害。车行一路，她呕了一路。一九八一年的长途客车跑不快，一九八一年的路也没有现在的路况好。母亲一行早上从桐城出发，黄昏时分才抵达宿松的过江渡口。母亲踉踉跄跄地下了车，感觉人飘乎乎地，像飘在云里雾里，两腿找不着大地。是紧紧抱在怀中的娃娃让母亲渐渐没了失重的感觉。

那个黄昏的渡口，在母亲的描述中，像一幅清晰的画面定格在我的脑海里。起风了，下雨了，风狂雨骤得让柳条狂舞，让小树弯腰。黄昏的雨幕中江水在汹涌澎湃，一艘小木船在大江中颠簸。小木船里坐着大舅、小舅、母亲和我的小弟。浪涛瞬间卷来，小木船冲上了浪峰；浪涛瞬间跌碎，小木船又跌入浪谷。把旱鸭子母亲的五脏六腑搅得翻江倒海。更折磨人的是对死亡的恐惧，我仿佛看见了母亲瞪着一双惊慌失措而又茫然无助的大眼睛，在浪涛中绝望地煎熬，让我的心也跟着酸痛。后来，母亲回忆这次过江的经历时说："当小木船在江心打着旋的时候，我想我可能再也回不了家，再也见不到你们了，今天我的命要送到这里了。不光是我害怕，你小舅的脸色也变了。不害怕的是你大舅和你小弟，你大舅跑过大码头，一副镇定自若的样子。你小弟不懂得害怕，两只眼滴溜溜地盯着我看。"母亲后来谈及那次过江的经历，是带着笑容说的，仿佛是在回忆一次愉快的旅行。

那个黄昏，那只小木船上，镇定自若的还有老艄公。他平安地把小木船撑到了对岸。母亲一行人夜宿在彭泽县城的一家大车店。

第二天，大舅和小舅还要拉母亲坐客车。母亲实在不想坐车了，说：“两位哥哥先去吧，把我娃抱着，我宁愿自己走过去。十六岁那年，我就从桐城走到彭泽呢。”大舅和小舅焦急地说：“还有四十公里路，要走得走一天。去晚了，不知还能不能见到你二姐的面。咬咬牙，顶多两个小时就到了。”

母亲最终还是咬着牙上车了。这四十公里是山路，客车在山路上盘旋，不亚于小木船在浪涛上颠簸。母亲听人说，晕车人不能吃饭，你腹中空空的，不就什么也吐不出来了？没有吃早饭的母亲在客车上还是呕，呕出一口一口的黄水。母亲事后说：“差一点把苦胆都呕出来了。”四十公里的山路，对于母亲来说，每一分钟都是煎熬，每一分钟都长似一年。最终熬到了目的地，面无血色的母亲被大舅和小舅搀扶着下了车。母亲的样子吓坏了大姨和二姨。

二姨家的风波已经平息了。原来，电报到大舅手上用了一天半的时间，大舅和小舅计划出发又用了一天，等到了二姨家，已经过去五天了。这一次，母亲在大姨和二姨家住了四天。一九八一年的清风岭垦殖场条件比一九五八年时好了许多，但在垦殖场工作得按时上下班，大姨和二姨一家都很忙。

四天后的回程又是同样的煎熬，只不过行程略有改变，是坐车到彭泽县城，从彭泽县城坐轮船到安庆，再从安庆坐车回桐城。

后来，母亲谈及这次远行时说，那个深山老林里面，谁要让我再坐车去，就是把我打死，我也不去了，我宁愿自己用脚走过去。母亲至今仍对那次探亲之旅心有余悸。

后来，母亲知道晕车的人坐车吃晕车药就不晕车了。母亲吃了晕车药，试着坐短途的客车，果然好使。然而，母亲却再也没有去过大姨和二姨的家，无论是坐车还是用脚走过去。时间飘忽一过，竟然飘过去了三十年。

这三十年里，二姨大约回过四五次家乡，但我一次也没有遇见。我十六岁离开家乡到外地求学、工作，一直往北走，一直往北走……我行走的方向与二姨家的方向背道而驰，离江西省彭泽县越来越远，越来越远……

现在我想母亲三十年里一次没去过彭泽的原因，除了对旅程的恐惧之外，可能还有一些其他的因素。因为，母亲知道吃过晕车药坐车就不会晕车之后，我认为那时她恐惧乘车的心理就已经解除了。母亲不去彭泽还有什么别的原因呢？

我想首当其冲的原因可能是家庭经济的困窘。母亲养育了五个子女，我们五个兄弟姐妹都读了书，至少读到了初中。而那些年，我们家唯一的经济来源就是父亲和母亲侍弄的五亩田地。

小姐姐至今还记得一九九二年的一件小事。大概是在一个秋天，父亲要到十里外的一位表叔家里去。父亲是知书达礼的人，不曾空着手走过亲戚，可是那天他一分钱都没有。正好那天小姐姐在家，从来不求人、更不曾向子女索求过一点的父亲，那天突然涨红了脸，吞吞吐吐地问小姐姐身边有没有五毛钱，如果有的话，借五毛钱给他。因为那个时候，小姐姐已经辍学在家务农了，她的身边也许有点私房钱。

这个事情，小姐姐一直没有跟家人提起。直到二〇〇四年春天父亲离世，小姐姐悲悲切切地哭诉起那些艰难困苦的日子，艰难困苦得父亲连五毛钱都没有，我才知道了这个事情。唉！现在日子好了，父亲却走了，父亲真是没有享福的命。

父亲去世的时候，二姨父从彭泽赶回来吊唁，二姨没有跟着来。那年，二姨的身体不好，常常卧床不起。那年，我是第一次见二姨父，看起来脸上气色很好，面色红润，六十七岁的人了，头发还很黑，只是两鬓微微有些斑白。二姨父对小辈很和蔼，我往他茶杯里续水的时候，他还要从椅子上微微欠身致谢。

听二姨父说，现在从彭泽来老家十分便利了，他早上从家出发，中午就到老家了。

那个时候，母亲就起了再去二姨家看看的心思。那个地方——江西省彭泽县清风岭垦殖场，是外公曾领着我的母亲打算落户的地方，是母亲的大姐——我的大姨长眠的地方。二姨身上又有了疾病……

我们兄弟姐妹也都撺掇母亲去二姨家看看，但我们谁都没有时间陪母亲去。离二姨家最近的二弟在合肥开了间律师事务所，忙得不可开交。我在北京一家新闻单位工作，时间紧张得不行，每次春节回家都只有短短三五天假，回趟家就跟执行救火任务一样。两位姐姐和小弟谋生的地方更是远在东北。

母亲有些惆怅地说："你们忙，到时我约小舅和小姨一起去，不约他们，我又不识字，怎么去？"

再去二姨家提上母亲的议事日程了。

母亲约小舅，那是二〇〇五年的事了。可是小舅家中添丁加口，也有许多牵绊，小舅实在走不开。母亲约小姨，没想到这时候小姨已经身患沉疴了。

母亲的彭泽之旅只得暂时搁置。这一搁置又搁置了好几年。

小姨于二〇一一年冬天去世。而身体好好的小舅也突然于二〇一二年春天去世。

二〇一一年秋天，小姨病重，曾经卧床不起的二姨身体好转，她牵挂着小妹妹的病情，从彭泽赶回老家来看小姨。二姨回老家的时候，母亲却不在老家，她在北京帮我照看孩子。

母亲是后来才得知二姨回到老家的消息，知道后，母亲轻轻地叹了口气，我知道这声叹息里埋藏着多少遗憾。二姨家是什么时候装了电话的？装了电话，母亲却忘了把记着她家电话号码的日历本拿到北京来。

那个晚上，母亲一个人静静地坐在沙发里，没开灯，也没开电视。我催她早点休息，母亲站起来时感慨着说：“兄弟姐妹呀，就像蒲公英的种子，小时候大家圆圆满满地聚在一根茎上。大了时，风一吹就飘散到四方了，再想聚在一起可就不容易了。”

所以，二〇一二年夏天，我到合肥出差。办完公事，尚余两天的闲暇时间。正好母亲那时也在合肥，我和二弟商量，我们陪母亲去二姨家看看吧。二弟也知道母亲对二姨的牵挂，我们一拍即合，二弟表示他自驾车前往。自驾车前往，一天时间就可以来回了。

出发前的那个晚上，母亲没有睡好觉。早上起来，她的面容有些憔悴。母亲有个毛病，一听说明天要去什么地方，头天晚上就睡不好觉，莫名地兴奋。

二弟建议母亲一会儿在车上休息一下。

一会儿车就出发了。然而母亲并没有休息的意思，她瞪大眼睛看着车窗外的风景。尤其是车过了桐城的时候，母亲瞪大眼睛看着，生怕遗漏了车窗外的什么。她能看到当年那个穿着新花衣的十六岁的行色匆匆的少女吗？

我对母亲说车到了怀宁，她仿佛从梦里惊醒似的感叹地说：“这多快，想当初，我和你外公外婆走到怀宁，走了两三天呢。”

后来，我们的车轻快地驶上了安庆长江大桥，母亲望着滚滚长江和江上忙忙碌碌的轮船，又感叹：“还是科技好，在大江上都能建桥，这过江一点过江的感觉都没有，就像在平常的路上走一样。”母亲喃喃地说着，她的眼前一定再现了三十年前那个风狂雨骤的黄昏。

二弟使用了车载导航仪，到了彭泽后我们又在路边停车，向过往的司机和行人问了路，一路顺利得很。上午十点左右，我们在一串长长的鞭炮声中下了车。一位清瘦的老太太，留着齐耳短发，笑吟吟地迎上前来，母亲立刻迈步上前，喊了声“二姐”。看来这位清瘦的老太太就是我的二姨了，她张开的嘴中空荡荡的，没有一颗牙，像初生的婴儿。我无法把她和我家镜框中那个梳着长辫子的二姨联系起来。但没有错，她就是我的二姨。

一路上，我许多次幻想着母亲与二姨相见的情景。在小舅、小姨相继离世后，两位白发苍苍的老姐妹重逢，会怎样喜极而泣呢？

母亲的心脏不太好，我担心过度激动会对她的心脏不利。可是，我想象中的一幕并没有出现，我的担心纯属多余。母亲迎上前去，张开有些笨拙的双臂抱住了二姨，说：“二姐，我又来了。”仿佛她常来似的。二姨咧开嘴笑着，没有哭，二姨也张开有些笨拙的双臂，说：“你终于来了。”

母亲伤感地说：“二姐，女姊妹现在只剩下我们两个人了。”母亲也没有流眼泪，她说这句话的时候，脸上还带着浅浅的笑容。是相逢的喜悦冲淡了她们心中的哀愁？还是人到了老年，早已把一切看透，包括生老病死、世事无常……所以，一切都能以一颗平常心待之？

二姨父殷勤地招呼我们进屋喝茶。二姨父比八年前我见到的那次，老了许多，面色有些黧黑，头发白了，也稀疏了不少，一嘴的牙也掉光了。

茶是自己家茶园摘下来的，喝起来清香萦舌。母亲喝了一口茶，站起身来，说要参观二姨家新建的房子。这是一幢二层的小楼，楼上楼下各四间。楼顶装着太阳能热水器。白墙黛瓦，近处青山葱郁，风景很是秀丽。楼房后面是几间平房，分别做了厨房和储藏间等。我们经过的时候，厨房里热气腾腾，二姨家的表嫂正在厨房里展示她的才艺。二姨家有一位表兄和一位表弟，表兄和表弟都在深圳打工。

二姨见着母亲有说不完的话，参观了楼上楼下、前院后院，就她拉着母亲的手进她的卧室了。二姨父陪着我和二弟坐着。二姨父很寡言，我们问一句他答一句，我们不说话，他就沉默着，与传说中的那个嘴巧心巧的篾匠判若两人。这样聊天难免会陷入尴尬的境地。

好在我的表兄抗美和援朝来了。这两位年龄比我差不多大了近二十岁的汉子，如果在街上，与他们擦肩而过，我无论如何也不会想到他们是我的表兄。两位表兄很健谈。先聊我们的近况，又聊他们的近况。他们带着浓重的彭泽口音，有的话我得屏神静气地听，才能听得懂。他们真是我的表兄吗？我怎么会有这两位表兄呢？我望着这两位面孔黧黑的汉子，一时间竟有今夕何夕、时空错位的感觉。

聊着聊着，就聊到我大姨父的抚恤金上了。原来，表兄抗美和援朝现在已经退休了，他们退休得比较早，其实大表兄今年还不到六十岁。最近这五年，他们什么也没干，就是跑各级政府讨要父亲的抚恤金了。言谈中，表兄抗美和援朝得知我在北京的新闻单位工作，希望我通过媒体的威力给地方政府施点压，好早日达成他们的心愿。我觉得很为难。

表兄抗美和援朝很失望，一时之间，话就少了许多。

午饭时间到了，一桌丰盛的酒菜摆上来了。我给二姨和二姨父敬酒，祝他们健康长寿。我给表兄抗美和援朝敬酒，我们之间是姨表亲，是至亲，从桐城到彭泽不过三百二十公里，三百二十公里不算远，千山万水都阻隔不了我们表兄弟之间的血脉情谊，以后要常联系。表兄抗美和援朝也举起杯来说，我们是至亲，应该常联系。

那天午饭后，我啜着清香的茶，在二姨的门前看近处的青山，“山气日夕佳，飞鸟相与还”，有一搭没一搭地听着母亲与二姨闲谈，觉得这生活闲适极了。想起那个陶渊明，就是在红尘中做官，也逢上了这么一个山清水秀的地方，真是一个运气好的人。

闲谈中，母亲突然问二姨：“前些年你还想搬回老家呢，现在还想回老家吗？”

母亲说的前些年，指的是二十世纪八十年代初。二姨想回老家的事，我曾经听母亲念叨过好多次。二姨和二姨父为了能搬回老家来，特意从彭泽赶回桐城。他们充满希望地来，却满怀失望地归。因为村子里田地有限，那时候，田地比金子还金贵，谁家愿意匀出一亩田地给二姨一家耕种呀？一亩田都没有，二姨和二姨父怎么回老家呀？回老家来做什么？

现在母亲提起往事，二姨的脸上挂着笑，仿佛返乡未成并不曾在她的心上留过伤痕。二姨说："那个时候一亩田地都没有，怎么活呀？哪像现在孩子们在外地打工，谁家都不愿意要田地了。"

倒是母亲遗憾二姨未能如愿，叹了口气说："真是三十年河东，三十年河西。搁在现在，还有谁愿意守着几亩薄田过日子啊。谁愿意种，谁种去，我们家的几亩田地，现在都白给人种了。二姐，现在你还想搬回老家吗？"

二姨摇着头说："哪想再回去啊，在这个地方住了五十多年，住习惯了，觉得这地方挺好，再也不想回去了。"

"此心安处是吾乡"，听了二姨的话，我在心里默默地念起了这句诗。二姨是不会再回到她的故乡了，二姨的故乡已经在这里了。

从二姨家回来后，那天二姨送别我们的身影一直萦绕在我脑海里。我们的车开出好远了，二姨还站在那里挥着手，二姨的身影越来越小，越来越小……终于消失在路的尽头。

我轻声问母亲："还想去彭泽看看吗？"母亲说："这要看你们的时间，我老了，一切都听你们安排了。"我知道，母亲的心还留在二姨那儿呢。

果然，从二姨家回来后，母亲就时不时回忆起这次彭泽之行。她说："这回我就知道了，二姨家门前的路修得这么平坦，不像那年坐车从山路来，把我吐得苦胆都出来了。这回我就知道了，去一趟方便得很。"母亲这是在给我们暗示呢！

从二姨家回来，我想搞清一九五八年桐城人迁到彭泽的历史，可是遍寻史书不得。倒从一九九五年版的《桐城县志》中得知，民国二年（一九一三年），实业界人士方履中，在东流、彭泽等地购置荒场、芦场，从家乡招农围垦十万亩，迁来数万人。原来，桐城人迁至彭泽在史上早有先例。

彭泽，一个大文豪陶渊明当过县令的地方；桐城，一个以文学闻名的地方。难道冥冥之中，是因为这样的缘分，才让这两个地方的人上演了几场悲欢离合的故事？每一场悲欢离合都饱含着亲人的一声长叹，每一场悲欢离合都饱含着亲人的深深无奈。岂止桐城和彭泽，举目神州，古往今来，有多少这样的无奈和长叹都被吹散在风里……

这一天，我到深圳出差。在这个异乡的街头行走，望着身边来去匆匆的人流，我想起二姨家的表兄和表弟就在这座城市中，这滚滚的人流中，没准与我擦肩而过的哪位就是我的表兄，哪位就是我的表弟呢。于是，我停下脚步，在深圳的街头，充满深情地打量着一张张生动的面孔。哪一位是我的表兄，哪一位是我的表弟呢？我们的身上都流淌着外婆的血。每一位都似是而非，每一位的面孔都是那么陌生又那么熟悉。如果往前追溯几千年，我们本来就是一家人，我们都是炎黄子孙呀。如此想着，这座异乡的城市在我的心中就变得温情脉脉起来。

那天，我手上捏着二姨家表兄和表弟的电话，迟疑了许久，最终还是没有打给他们。我想到我们从未谋面，即使拨通了电话，也不知该说些什么好。我想起母亲的话："兄弟姐妹呀，就像蒲公英的种子，小时候大家圆圆满满地聚在一根茎上。大了时，风一吹就飘散到四方了，再想聚在一起可就不容易了。"

风把这些种子吹散了，这些种子落在各自的地方生根了。有一天，风又把它们的种子吹散了，假如有一天，有两粒这样的种子相逢，它们能知道自己来自同一根茎秆吗？

风为什么要把它们吹散呢？

梦里苏州

有幸得到两本《苏州杂志》，分别是 2007 年的第 2 期和第 3 期。

我一拿到手就感到非常喜欢，它的封面设计得清新典雅，还有一种古色古香的味道，觉得它叫《苏州杂志》是真正名副其实。《苏州杂志》里面都是关于苏州的人和事，从平常的小巷人家到历史典故，真是丰富多彩。

《苏州杂志》是一本关于文化的杂志。我感觉它稍稍带了些学术气。

第 3 期封三分上下两个部分，上面部分是一幅关于民居的水粉画，下面部分大约是它的介绍。文章的名字是《周庄·张厅》，文中是这么写的：

轿从门前进，船自家中过。

这是周庄人对张厅的描写，这样的描写似乎说的是张厅的建筑风格，我以为其实描写的是从前人家的日常生活。这样的日常生活，不是显山显水的荣华富贵，而是耕读传家的人间烟火。我们没有见到过张厅喜上眉梢的神情，我们只能从张厅的一砖一瓦中，体会周庄人津津有味的美好生活。

所以走进张厅，我们见到了大堂之上，安然端坐在靠椅上的周庄。

这种叙事上的舒缓从容，我以为也是《苏州杂志》的语言特色，不张扬，却有着深厚的底蕴。阅读时，就像一个云淡风轻的午后，你泡着一杯茶，听长者娓娓道来人生琐忆，长者的一笑一颦、举手投足无不让你感到心旷神怡。

我熟悉苏州这座城市的名字，最早还是从张继的那首《枫桥夜泊》开始的。我不知道如今还有多少人能够理解一首唐诗在一个少年心底荡开的涟漪，反正我感觉它总是在我少年的梦中召唤，召唤我去苏州看看。于是，二十年前，一个少年只身一人从家乡安庆不顾一切地来到了苏州，仅仅是为了领略苏州的意蕴。到苏州的时候，苏州正下着小雨，我在淅淅沥沥的雨中去了寒山寺，去了枫桥边，还去了虎丘，看了运河里来来往往运沙石的小船……把自己想象成一个唐朝士子的模样，疯疯癫癫地在苏州待了两天。

稍长的时候，偶尔也憧憬将来自己的另一半，梦想着她是苏州书场里弹着古筝的姑娘，或者是苏州穿针引线的绣娘。她的容颜秀美，结着丁香一样的愁怨。有一天，我也许撑着油纸伞，与她蓦然相逢在苏州的古巷。现在回想那时事，真如梦中一般。

本来我也有机会走进苏州的。硕士毕业的那年，苏州工业园区曾向我伸出了橄榄枝，可是由于种种原因我最终还是留在了北方。

“上有天堂，下有苏杭。”我爱着苏州，可是又始终无缘走进去。这也是我对《苏州杂志》的另一番感觉。《苏州杂志》主要刊载一些苏州的人和事，像苏州这么一座辉煌古今的城市，它的人和事永远也发掘不完，我欣赏着这些人和事，可又总觉得与自己隔着一层纱。

也许对于我来说，苏州永远是梦中的江南。

钟灵毓秀旅顺口

我敢说，旅顺口的秀美是独一无二的。

汽车带着我从大连南路出发，穿过白银山洞，我的眼前便陡然一亮。这里出现了别一番天地：一半是蓝，一半是绿。那蓝是比天还要蓝的海，那绿是郁郁葱葱的矮山，散落在千姿百态的高楼丛中，使人疑心，楼不是依山建的，山倒是移在楼中的盆景。

旅顺口的街上，处处是关于战争的遗址，使你不能不想起那充满血和泪的历史。“一座旅顺口，半部近代史”，这里会让你的心紧张惶悚。但我此番来不是发思古之幽情的，不是来寻找那些令人心灵颤抖的东西，我要来聆听今日旅顺口的潮音，我要找寻只有它才有的独特韵律。

且不提那中心商业区，街道都用彩砖铺就，夜晚七彩闪烁的宫灯把周围映照得如仙境一般。

就连那些平常的巷陌都是独特的。所有露出土的地方，上面都植上了一片片的绿。有些街边种的是树，那树便成片地连到山上去，有些街边种的是草，那草便绿油油地似乎一直漫进海里。

最独特的倒是这些街道，没有店铺，行人也少。长街两旁，绿篱扶疏——这是军营的围墙。这样的街道，在别的城市不常见到吧。围墙都不高，从这些地方能看见白玉山的塔，能想到不远处的万忠墓，还能看到在军营的门口，站岗的军人如铜铸铁塑。

这些兵们，或着草绿色的制服，或着海蓝色的制服，也一半是蓝，一半是绿。在旅顺口的街上，你随时可以见到这些充满朝气的脸。随处转转，譬如到中心商业街吧，休息的时候，他们仍穿着整洁的制服，三三两两，迈着威武有力的步子，穿梭在寻常百姓中间。

那蓝蓝的水也穿梭到街心——是从海湾流过来的。有风的日子，你来看海浪撞击着战舰吧，看海鸥飞翔，闻空气中弥漫的海藻气味。这里的人民生活安逸，一切都有条不紊地进行着。近代史上那仓皇的一幕，正在从你的心头悄悄滑落。

一半是绿，一半是蓝。绿色是希望，蓝色是和平。这绿和蓝都是今日旅顺口独一无二的秀美呢。

刘长春教授的塑像

大连理工大学的校园里，现在一共有三尊塑像。时间最近的一尊是教育家屈伯川先生的，1999 年五十周年校庆的时候落成于伯川图书馆前。

在这之前共有两尊塑像，都在主楼前。

一尊是毛主席的，位于主楼的正前方，主席像高 13.26 米，昂首苍穹。另外一尊位于主席像的左侧、主楼的左前方。这是尊半身的塑像，加上大理石基座，高度和我们普通人差不多。大理石基座上镌刻着“体育先驱——刘长春教授”的字样，字是原中顾委秘书长荣高棠同志题的。

刘长春——中华奥运第一人，他生前是大连理工大学体育教授。他 1909 年出生于大连市，由于其天赋与勤奋，并得到时任东北大学校长的张学良将军的爱护和栽培，成为优秀短跑国手，曾参加第九届、第十届远东运动会和第十届、第十一届奥运会。

刘长春 1932 年毕业于东北大学。1932 年，东北的天空是黑沉沉的，新成立的伪满洲政府为了摆脱外交上受孤立的困境，竟用卑劣的手段盗用刘长春之名，企图利用他的成就，借参加世界奥运会之机，提升伪满洲国在世界上的地位。

刘长春为民族正义所动，为了粉碎伪满洲政府派其出席第十届奥运会的阴谋，发表严正声明："我是中华民族炎黄子孙。我是中国人，我只代表中国，决不代表'满洲国'出席第十届奥林匹克运动会。"遂以我国唯一运动员代表的身份，首次敲开奥运会的大门。1949 年后，他任教于大连工学院（今大连理工大学）三十余载。

每天，都有许多人来到他的塑像前，怀着崇敬的心情走近他。在大连理工大学读书的那些年，我也常常来到他的像前，每次，我都把脚步放轻。每次，我的耳边都会响起那个深沉厚重的声音："我是中国人，我只代表中国……"字字掷地有声，是真正蒸不熟、煮不烂、捶不扁、砸不破的铜豌豆。

这是最令我崇敬的人，人就应该有一个崇高的理想与执着的信念。1932 年，一个二十三岁的青年，把自己的金色年华和苦难祖国的荣誉连在了一起，这就注定他的一生必定会走向辉煌。

1932 年写进了中国奥运史，这一年刘长春探索着迈出了第一步，成为中华奥运第一人，这是国人不曾迈出的一步。虽然由于种种客观原因，他没能取得喜人的成绩，但这一步毕竟迈出去了，而且迈得意义非凡，它体现的是一种求索创新精神，就像一位诗人开创一种新的诗歌体裁，就像阿姆斯特朗小心翼翼地踏上亘古无人的月球。"这是个人的一小步，却是人类的一大步。"这种求索精神，永远值得后人学习。

一个人只要在某件事上成功，在其他事情上成功的概率也会很大。是好汉的永远是好汉，因为好汉比一般人多了一份自信心。刘长春教授更是如此，1949 年前，他是一位著名的短跑国手；1949 年后，他又成了一位著名的体育教授。在人生的跑道上，他从来没有停下过脚步。1980 年至 1983 年，这是他生命的最后几年，刘长春怀着对发展祖国体育事业的无限厚望，抱病完成了《短跑运动》一书。专家评价这部书"不仅是一部无价的珍贵史料，也是一部深刻的爱国主义教材，还是一部集数十年教学经验，学术水平较高的传世之作”。

每次来到他的塑像前，我都要在这里久久徘徊，透过塑像一侧翠柏的枝间往主楼正中看过去，主席像巍然屹立。两尊塑像近在咫尺，无人的时候他们之间是否有思想的电波，在空气中交流？有时候我这么傻想着，心中竟然鼓荡起许多莫名的感动。

大理石基座上，刘长春教授的目光坚定而沉着，他系着领带，一丝不苟，恰如他生前严谨的治学态度。每次来到他的像前，我都感觉我是来拜见一位严师，亲切而自然。三十多年来，他的足迹遍布校园的每个角落，就是我脚下的这条路，也一定是他曾经走过的。我想顺着他的足迹，迎着他坚定沉着的目光，一直走进他灵魂深处去，希望自己也能获得和他一样的崇高理想与执着信念。

1999 年五十周年校庆以后，大连理工大学又建造了“刘长春体育馆”。大约是 2003 年的时候，把刘长春教授的塑像移到了体育馆前。此地距主楼大概有两三百米左右。

这几天，我们迎来了 2008 年北京奥运会倒计时五百天，各地纷纷举办各种形式的纪念活动。2008 年北京奥运会开幕之时，若刘长春教授在天有灵，真不知其欣喜如何！

沁园的雪

昨天，我还在说："今年不会有冬天了，今年再也没有寒冷的季节了。"虽然节令已交寒冬，可校园的草坪依然那么绿油油的，草坪深处那些落叶乔木，叶都黄了、红了，就是不肯落下来，挂在树梢上，使得这季节像火红的秋，气温也是暖洋洋的，没有一丝冬天的意思。

但你知道，我是如何盼望着这洁白无暇的雪花早点来的。今天早上，它终于来了，突然地来了，一点预兆都没有。早晨，我隔着玻璃往窗外看，沁园已经铺上了一层厚厚的白雪，而天空中的雪花还在飘舞着，还在盘旋着，那妙曼的身姿，像极了那群唱着"江南可采莲，荷叶何田田"的女子。

"沁园"是我自己这么叫的，大连理工大学没有叫"园"的传统，一片一片的地方，唤作"东山""南山""西山""北山"，我看见西山一处拱门上，有"沁园"这两个字，就且把这一片唤作"沁园"了，恐怕很少有人会认同我这个称呼。

没有雪花的日子里，沁园也是很美丽的。沁园里有许多参天的树木，特别是伯川图书馆前那片水杉林，郁郁葱葱的。林间的小径，也有几分曲径通幽的感觉。树木的枝头还有许多鸟儿的窝，清晨，鸟鸣声欢快而愈显幽静。这里“是一个做学问的好地方”，有朋自远方来，我会领着他或她，在沁园里面转，领略大学之大和沁园的另一番风格。

但我毕竟在沁园里生活得久了，就像久读一本书，我读透了它。我熟悉沁园的许多美好，我也熟悉了它的一些不足或者说某些欠缺的地方。譬如说，沁园缺少的是水，缺少的是湖，是粼粼的波。这里是一所以理工科为主的大学，思考问题的方式多是逻辑演绎的，缺少的是有深刻思想的大师，是“江流婉转绕芳甸”的灵气，我多么渴望它更加完美。

如果冬天来了，这些不足能否被这洁白的雪花消融掉呢?

有几朵雪花扑到我的窗玻璃上，想飘进我的房间来，它们隔着窗玻璃看我。啊，我记起来了，它们是不是去年冬天飘到我头发上、飘到我耳朵上、飘进我脖子里的那几朵?雪落无声，你听见那飒飒响的，不是雪花，是天上的声音。

可对于沁园来说，这雪花只是匆匆的过客。“是雨，还堪拾。道非花，又从帘外，受风吹入。扑落梅梢穿度竹，恐是鱼人诉泣。”你看现在的沁园是雪压冬枝，一朵朵，一丛丛……而来年的春天，不，甚至等不到来年的春天，只要天气晴朗，这一片洁白就会消失得无影无踪。

但我还是盼望着这洁白无瑕的雪花早点来。因为即使天晴时雪花会消失得无影无踪，但你会感觉到沁园里的耐寒草、常青树要比以往更绿些，沁园的鸟啼声也比以往更婉转些……

我也是这漫天飘舞的雪花中的一朵。对于我来说，也许将来回眸，沁园的日子只能算作人生旅途中一个片刻停留的驿站，我的脚步会带着我寻找我的归宿地。

但我还是要让你知道，我曾经来过这里。如果你也感到沁园缺少的是湖，是“江流婉转绕芳甸”的灵气，那么请你闭上眼睛去想，即使是天晴的时候，你也会看到：有一朵雪花，在沁园的上空，打着旋，飘下来了，飘下来了……一直飘到你的心田里。

想起平川老师

那天，在书店翻一本日语教材，参编者之一平川老师的简介赫然映入我的眼帘。“平川美穗，1960 年出生于日本广岛，1985 年毕业于创价大学英文系，一直从事日语教学。”

回来，我查阅了“平川美穗”的相关资料。哦，原来平川老师离开大连后，这些年一直还在中国执教。

我一外学的是日语，2001 年在大连读研究生。那一届，全校以日语作为一外的研究生一共 27 名。当时，除了有中国的日语老师教授语法外，还聘请了一位外教教我们听说能力。这位外教就是平川美穗老师了。

平川老师长得很漂亮，弯弯的眉毛，大大的眼睛，白皙的皮肤，苗条的身材。平川老师从外表来看似乎比她的真实年龄小 10 岁。那时候，来我们学校留学的日本学生也不少，多数长得普通。平川老师一出现，同学们惊为天人。

中国的学生人情味儿浓，初见平川老师，觉得这么一位楚楚动人的人一个人待在中国，很不容易。大家利用课余时间，纷纷往她下榻的外国专家公寓跑，不但是男同学去，女同学也去，我也去过。

但很快我们就领略了平川老师不讲人情的一面。我们中国人学外语，大多学的是“哑巴外语”，当然现在这种情况已改变了许多。但在2001年的时候，我们日语班的同学多长于读写而听说不佳。有些平常的会话，平川老师一说，有的同学竟听得发了呆，如堕烟雾，平川老师一张俊俏的脸立刻冷若冰霜。上了不到两周的课，有一天，平川老师突然宣布，要把我们的班分成AB班。平川老师宣布自己只带A班，不带B班，要把B班的同学交到外语系另行安排。读研究生的都是好大岁数的人了，被分到B班的许多同学也去过平川老师住的外国专家公寓，这一下近乎没套上，反倒被她弄得灰突突的，好没面子。不过，平川老师这个方案很快被外语系否掉了。

平川老师分班时，我有幸被分在A班，这么说，并不是要夸耀我的日语口语有多好，我的日语听说能力也很差。大约那时候的我身上还有几分机灵劲儿，平川老师认为我尚“孺子可教”吧。所以，我和平川老师走得也近些。

因为熟识，所以知道平川老师日子过得精细得很。比如，我们买苹果，一次买好几斤。平川老师买苹果，一次只买一个。水果摊老板见她拿一个苹果放到秤盘上，不等她张口，就已知道她是日本人。听说，日本人在菜市场买大葱也是一根一根地买。但我没见过，也没听说过平川老师去市场买葱。她住在外国专家公寓里，似乎从来不开火做饭。

因为熟识，有一次，平川老师还张口向我借相机。当时的相机是带胶卷的那种。借相机时，我才知道平川老师不单是要借相机，还希望连胶卷一起借。而且她不是借一整卷胶卷，平川老师的愿望是我在拍摄一整卷胶卷时，别拍完，剩下几张给她。从平川老师身上，我们也可看出日本人的节俭。

另外，平川老师在课堂上的较真劲儿，也让我们叹服。我们这些研究生，并不是外语专业的，各自有各自的专业。毕业后，我们也并不是要做日文翻译。但平川老师不这么想。为了一句地道的口语，她让 27 个同学转着圈一个一个走到她跟前读一遍，要是这句话里有一个发音不准确，你这一关就是没通过。只有通过的同学才能回到座位上，没通过的同学得继续围着她转圈，直到通过为止。年轻人都好面子，最受不了同学们无限同情的目光，如果围着她转个不停的话，都有“破帽遮颜过闹市”的感觉。有一次，我因为一个发音不准确，也围着她转了 5 圈。我觉得和她熟识，没料到她也对我这么严格，一时颇为尴尬。

外语听说能力的提高需要一个积累的过程，对于并不是以日语为专业的同学来说，提高的速度会更缓慢。平川老师恨铁不成钢，认为有些同学是不可塑造之人。她甚至严肃地说，学期结束考核的时候，有些人的成绩连 D 都得不到，要给 E 或 F。那时候，研究生院把研究生每门课的成绩分为四等，A 为优秀，B 为良好，C 为及格，D 为不及格。别说得了 D（得了 D，这门课毫无疑问要补修），就是平时成绩中有四五个以上的 C，毕业时也会惹麻烦。平川老师又是一个较真的人，有的女同学听了她的话，吓得花容失色，男同学听了也吓得寝食难安。

也许是有个别同学向学校外语系和教务处哭诉，外语系和教务处的老师也觉得平川老师太较真，也许是平川老师有了更好的职位，在我们这个学期结束后，平川老师就离开了大连。听说她去了扬州大学，我当时还很惊讶，因为平川老师说过，她喜欢海，但扬州不是一个有海的地方。平川老师具体哪一天离开大连的？我不知道，她似乎不曾向我们任何同学打过招呼。

2006 年，我离开大连来到北京工作，有一天，翻出平川老师曾给我们留下的电子邮箱地址。2007 年元旦的时候，我曾用蹩脚的英文给她写了一封信，告诉她我的近况并送上新年的祝福。邮件发出后，一直没有收到她的回复。事隔数年，也许她已经换了电子邮箱，不曾收到我的邮件；也许她不愿意再与我这样的学生联系了吧。

从网上得知，平川老师在扬州大学的时间不长，现在任教于青岛的中国海洋大学，那里是有美丽大海的地方。

忽然想，在中国许多年，平川老师身上还有那可贵的较真劲儿吗？

乡关是合肥

写下标题这五个字时，我在心里自然地吟起崔颢的“日暮乡关何处是，烟波江上使人愁”来。崔颢的家乡在汴梁，宦游在他乡。日暮时分，面对滔滔的江水，这位本有很浓乡愁情结的唐朝诗人，想那倦鸟都已纷纷归林，而他却飘零在外，不由发出“乡关何处”的喟叹。关山万重，不是不知道乡关在哪里，而是知道在哪里也回不去。其实，现在从武汉到开封，乘坐高铁，最快的一趟只需两个多小时。可是，唐朝时的崔颢来到黄鹤楼边，故乡汴梁却有千里之遥。“不是不归归不得，梦里乡关复春秋。”

托现代交通的便利，我每年都能回到故乡两三次。常常能够回到故乡的人，自然不会有唐朝诗人身上那份浓浓的乡愁。看！我明明生在安徽桐城，长在安徽桐城，现在却说“乡关是合肥”，这便是我乡愁淡薄的一个有力的佐证。

合肥与桐城，是两个地理坐标，前者是省会城市，后者归安庆市管辖，表面看风马牛不相及，其实，内里有许多交织。从历史上看，民国三年（1914 年），安徽全省分为三道，当时的合肥县与我的家乡桐城县同属安庆道。现在，我的家乡桐城市又位于合肥经济圈的范围内。我说的“乡关是合肥”，只不过是把乡关的地理位置放大了。

自从十年前，我的母亲去了合肥。这十年来，我的“回乡”便成了回合肥。有时也从合肥回桐城，但那多是在春节前后回乡祭祖以及走访亲友，而且一般在桐城只待一两天，春节假期的多数时间待在合肥。这十年来，我这个生在桐城长在桐城的人，已经不自觉地把合肥当成自己的乡关！想想，这其实也并不令人惊讶。因为，母亲在哪里，故乡就在哪里！

十年来，我目睹着合肥的变化。首先，是交通的便捷，从北京南到合肥南，最快的一趟车只要三个多小时。想想唐朝的诗人，譬如崔颢，假如他能享受到这样高速的交通，他还能吟出那首冠绝古今的《黄鹤楼》吗？其次，合肥像一位美丽的安徽女子，从前的她与上海、南京、杭州这样的城市比，就像一个小家碧玉，像一个清纯却没有见过世面的村姑，她打量世界的眼睛都是羞怯怯的。那时候的合肥市很小，城市建设也很寒酸，可不就是一个小家碧玉？但这十年，她越来越擅长捯饬自己，直到把自己捯饬成一个大家闺秀的模样，温柔中有坚强，妩媚中有硬朗，关键是她大气，把一座大湖——巢湖——中国第五大淡水湖都纳入了怀抱，当成她的梳妆镜。如今明眸皓齿的合肥，让上海、南京、杭州这样的城市见了她，都露出几分羞怯怯的感觉呢。

十年来，我无数次地在合肥的街头行走，走遍了合肥的大街小巷，尝遍了合肥的风味美食。外地的朋友要去合肥，我会如数家珍地向他们介绍合肥的历史、景点、著名人物……我会告诉他们，合肥历史悠久，是“三国故地”，《三国演义》中的“张辽威震逍遥津”一战就发生在合肥，合肥是魏、吴交锋的前沿阵地。现在合肥市“逍遥津公园”里有张辽横刀跃马的青铜塑像。塑像是2003年重铸的，战马奋蹄，张辽虎目圆睁。不过，有细心的游客指出，塑像中张辽脚踏马镫，而马镫在三国时期还没出现呢。塑像虽然“穿越”了历史，但故事是真实的，你如果对三国历史感兴趣，不妨前去凭吊一番。

这里还有三国古迹“斛兵塘”。当年，曹操率军攻吴，屯兵合肥，安营扎寨时，人马浩荡，难以计数，为清点人马便挖出了这口旱塘，作为计量将士的场所，“斛兵塘”由此得名。“斛兵塘”面积约6.7公顷，坐落在合肥工业大学的校园里。

“包龙图打坐在开封府，尊一声驸马爷细听端的。”哇，这说的不是那黑面老包，包拯包青天大人吗？开封府在河南，包拯是河南人，和你说的合肥有关系吗？有！合肥不仅是“三国故里”，还是“包拯故乡”。包拯在开封府做过官，可他生在合肥，死后也葬在合肥，其他地方的包公墓顶多算衣冠冢！因为，《孝肃包公墓志铭》上记载得明明白白，“即以嘉祐癸卯八月癸酉日，葬公于合肥县公城乡公城里”。你若去合肥，应该去包公墓和包公祠看一看。

“李鸿章，合肥人。办洋务，真出名。”晚清重臣李鸿章的故居“李府”，坐落在市中心的一条商业步行街上。“李府”规模宏大，曾经有半条街，如今只剩下这么一座落寞的院落。你走进去，看前朝往事，风云激荡也罢，月朗风清也罢，都如过眼烟云。打住！这话可不能这么说。现在香港招商局集团有限公司的前身还要追溯到李鸿章呢，“民国大才女”张爱玲还是李鸿章的曾外孙女呢。“淮风绵长”，历史的长河里，有一种叫血脉的东西，割也割不断。

合肥还是周瑜的故里。“遥想公瑾当年，小乔初嫁了，雄姿英发。”合肥还是“三次再造共和，六次执掌北洋政府”的段祺瑞的故里。你若是对名人的遗踪感兴趣，我推荐你不妨到近郊的三河古镇去看看。现在的古镇遍布天下，但三河古镇的风格与他处不同。与三河古镇相比，江南的古镇少了安静内敛，北方的古镇少了妩媚婉约。最主要的是，三河古镇的确有厚重的历史，且不提太平天国的“英王”“忠王”，单讲董寅初、杨振宁、孙立人，当年的他们各自在这座古镇上行走，不啻天际亮起了三颗皎洁的晨星。

每次回合肥，要与合肥的三五好友小聚。十年前，他们羡慕我这样生活在京城的人。十年后的今天，他们越来越同情我这样生活在京城的人。他们不无自豪地告诉我，“合肥是全国首座国家科技创新型试点城市”，“合肥已被确定为长三角世界级城市群副中心城市啦”，“国家设立综合性科学中心，三大中心城市分别是北京、上海、合肥”。我听了他们的介绍，忘了自己生活在北京，竟然不争气地和他们一样兴奋起来。转过来，合肥朋友数落北京的自来水，“漂白粉多，喝了呛嗓子”；北京的交通，“堵塞得厉害，出行太痛苦”；北京的空气，“常常是雾霾，简直不是人待的地方”……数落得我的脸红一阵青一阵，仿佛北京的种种不好，都是我干的似的。人顿时气馁起来，刚聚会时我的腰杆挺得笔直，接着就一点一点地弯下去，到最后竟弯成一张弓的模样了。

我的母亲来北京短暂地生活过，热爱烹饪的她认为，北京的蔬菜品种不如合肥的多，也不如合肥的新鲜，生活在北京的确不如生活在合肥。

我听了她的话，竟起了“锦城虽云乐，不如早还乡”之思了。

怀念大海

我从大连到京城，一转眼已经过去四年了。在此期间，我常想念大连的海，常回想起我第一次看见大海时的情景。

在我的印象里，大连的海是无比蔚蓝的，澄澈又宁静。我在大连生活了十多年，几乎从来没有见过这片海卷起千丈惊涛，向我展示属于海的狰狞的一面。

也许这片海也曾狰狞过，可我不曾驾一叶扁舟向它索取过什么。也许这片海也曾暴怒过，可狂风大作的夜晚我常静处一室，并不曾跑到它的眼前。所以，这片海在我的眼里总是温和的、慈祥的、宽容的，温和、慈祥、宽容得像母亲一样。

我至今还怀念着第一次看见大海时的情景。那一年，我从烟台坐船到大连去，到烟台坐船时，天已经黑了。船行海上，除了船舷上的灯光照着翻滚的海水，我的眼前只有黑漆漆的一片。第一次看见大海，不在烟台，不是这个夜晚；而是第二天，在大连。

第二天，我在风中就闻到了大海的气息。那天，我简单安顿一下后，就迫不及待地奔向了海边。那真是一种“奔跑”啊，就像与久别的情人重逢，就像久别的孩子见到了母亲，就像海在一声比一声急迫地呼唤我。然而这却是我第一次看见大海啊！

海就在眼前了，蔚蓝又宁静。这片海无边无际地漫进我的心里。这片海轻轻地拍打着岸边的礁石，就像在我的心中拍打，我的心情澎湃起来，我激动得浑身颤抖、热泪盈眶，一时却寻找不到一个合适的词汇把这种心情完美地表达出来……后来，我了解到许多人见到大海时，胸中都会涌出与我一样的感觉。这真是一件奇怪的事情啊！

有人探寻激动的缘由，说是因为大海的博大，令人感到天地之无穷、个体之渺小。我觉得这还不完全是我第一次看见大海就激动得热泪盈眶的原因。在大连生活了许多年，我一直在寻找这种答案。有一次，在海边，我面对着苍茫的大海，渐渐平息自己一颗波动起伏的心。我突然想，我的这种激动，应该是被大海唤醒了自己对祖先的记忆。我们人类的祖先一定是来源于大海的。水和盐，这些我们人类生活中须臾不能短缺的东西，难道不都和大海有关吗？人类的远祖从海水里到岸上来，一步步进化，最终变成我们今天这个样子，其间会有许多人远远地离开了海水，终其一生，甚至几代、几十代人再也不曾见过大海。但大海的记忆都留在我们的血脉中了，虽然被埋藏到血脉的最深处，但记忆毕竟还在我们的血脉中流淌。有一天，当我们看见大海时，这种埋藏在深处的记忆瞬间被唤醒，让我们莫名激动，甚至热泪盈眶，一时却寻找不到为何如此激动的答案。

那一年，我和你在海边。我还没有找到为何看见大海就激动得热泪盈眶的答案。你问我喜欢大海的原因，我说“仁者乐山，智者乐水”，这似乎是一句很巧妙的回答，其实很傻。我一直是个很傻的人，却装作聪明的模样。然后，我问你为什么喜欢大海，你说喜欢大海的包容。你说那些留在沙滩上的痕迹好比海的心里被划上的伤痕，但海潮一来这些印痕就会消失得无影无踪，海的心啊不像人心。你说着，一副心事重重的样子。我那时哪里了解你的心事。我说，海潮平复的只是沙滩上的印痕，可你划在海心上的伤痕已经留在海的心里了……我说这话时，觉得自己很聪明，像个哲人的样子。

那一年，我和你在海边，拾取了许多斑斓的小石头。离开大连的时候，我带了一些小石头到京城。每当我怀念大海的时候，我都觉得它们能够发出海的波涛声。每当我怀念大连的时候，我都觉得这每一道波涛里都翻滚着大连的人和事。我终于觉得自己装成哲人的样子，其实很傻。你的小石头呢，也许早就扔掉了吧？

第二辑

人在京城

来到北京

屈指算来，来到北京已经一个月了。那天，我一个人提着一个沉甸甸的旅行箱，挎着一个沉甸甸的旅行包，一脚从温暖的火车车厢跨出，仿佛有谁在背后推搡了我一下，一下把我推进冬天寒冷的早晨。刚来北京那天的情景依然历历在目。

从北京站坐地铁到西直门车站，我沿着道旁的栅栏找公交车站。对于我这么一个在大连生活得久了的人来说，北京的公交车又破又旧。这还在其次，还有北京的“脏”，当时沙尘暴依然在北京的上空肆虐着。那时的车头、车厢，甚至连公交车的挡风玻璃都是灰蒙蒙的。最要命的是，这公共汽车跑起来没有头，不像在大连，最长的线路跑起来也不过四十五分钟。北京的街道上红绿灯还很密集。一会儿绿灯亮了，公共汽车就缓缓地挪动；一会儿红灯亮了，你听公交车的刹车声，沉闷而急促，让人以为是暮归的老牛在叫。至于公交车的司机和乘务员，也像好几天没洗脸，个个灰头土脑的，车厢里的灰尘弥漫到我的衣服上、脸上、袖口里、鼻孔里，我就这么灰头土脑地在北京城里蹦跶着。

老实讲，刚来的那天，我一点也不喜欢这座城市。“什么破地方啊。”

我有些烦闷地想。那天，和冬天的早晨一样寒冷的，还有我的一颗在胸口“噗噗”乱跳的心。

但是，来到北京的第三天，我就对它的印象来了个天翻地覆。这么短的时间就能改变一个人对它的印象，这是北京才有的魅力。这里毕竟是首都，是我们伟大祖国的政治、经济、文化中心。先前，一些关于北京的流言都成了一缕烟、一串肥皂泡。譬如，听说北京人太坏了，你问路的时候，他们会故意指着相反的方向让你绕圈子。我初来北京，问路频繁。不知道的人皆摇头告诉我，他不知道；知道的人皆细心指引。在北京交大附近，我向一位阿姨打听皂君庙一处难找的建筑，阿姨像活地图一般，按照她的指引，我没费一点周折，就找到了目的地。譬如，听说北京人能侃，不吃饭不要紧，不谈国家大事就要死。来到北京，我租住在中国农大附近的一处民宅里，算是典型的四合院吧。院子里住着一对老夫妻，三对年轻人。三对年轻人忙于工作，早出晚归，老夫妻早上出去遛弯儿，晚上回来收拾院子，几乎没有听到他们谈过国家大事。至于街头的理发师也可能善于侃侃而谈，但这也许是他们揽客、打发寂寞时光的一种方式，普天下哪个地方不是如此？这算不得北京的“京粹”。

来到北京的第三天，北京就让我用辩证地眼光来看待它的问题。我后来给大连的朋友写信，感慨万千地告诉他们：北京到底还是北京。譬如说，公交车跑不到头，那是因为北京大呀。如果拿大连和北京来比，大连是江河，那北京就是大海。作为一条寻觅机会的鱼，你想你愿意在江河跳跃，还是去大海遨游？

北京有许多历史古迹。来到北京，我还有许多地方没有去过，只去过颐和园、圆明园、故宫。一个周日的下午，我还去了北大的未名湖畔。我感受着北京的厚重。那天的黄昏，冬日难得的晚霞，映红了未名湖畔的山色，在湖畔的塔尖上舒卷流动，像极了我的梦。

两个版本的“公主坟”

北京是一座文化底蕴特别深厚的城市。

面对这么一座城市，就好比面对一位学富五车的贤哲，总会让人感觉到他寻常的一动一静中都有一种溢彩的东西不经意地流淌出来。

就拿地名来说吧，该是最平常的了。哪个城市没有许许多多、形形色色的地名？可是不会有哪一座城市能像北京这样，随随便便抓起一个地名，透过这个平平常常的地名，你都能感觉出其深厚的文化底蕴来。

譬如说位于西三环的“公主坟”吧，是多普通的地名啊！岂止是普通，简直有点俗气！“坟”是什么啊？“坟”是乡下埋葬亡者的土丘。即使是叫“公主坟”，也不过是埋葬故去公主的土丘而已。历朝历代在多少地方埋葬过多少公主？数不胜数呢！可是，北京的“公主坟”就不能这么简单地看。

关于这个“公主坟”还有两个版本呢。其中一个是民间的：相传，乾隆皇帝微服私访，刘墉和和珅跟着。一日，他们在路上走得又饥又渴，深夜来到一个小村庄，一位老人留宿了他们，并让自己的女儿去给他们做饭。老人的女儿只有十四五岁，穿得虽然破旧，但干净利落，如出水芙蓉一般，十分可爱。不长工夫，女孩端上几碗热腾腾的面条和一大海碗白薯。三个人饿急了，吃得还真香。

第二天，乾隆要走了，一出门，看见院中的小姑娘，比昨晚显得更清秀，就喜欢上了这个小姑娘，对老人说："老人家，你要乐意，就让您的女儿给我做干闺女吧！"老人一听，很高兴，就让孩子过来拜见了干爹。乾隆从怀中掏出一块黄手帕作为信物，嘱咐姑娘，如遇危难，可拿信物到京城，只要一打听"皇家大院"就能找到他。

过了几年，姑娘长大了，连年灾荒。父女俩实在过不下去了，琢磨可以投奔的亲友，病急乱求医，想起了京城还有干爹。于是，千辛万苦来到了京城，穿大街、走小巷，他们找遍了北京城里所有的"黄家大院"，也没找到干爹的家。爷俩在京城里举目无亲。白天沿街要饭，晚上缩在墙根或破庙里过夜。老人年岁大了，熬不过这苦日子，得了重病，姑娘愁得直哭。

一天早上，姑娘一个人来到护城河边痛哭。刘墉正好出来遛弯儿，听见这哭声悲切，就寻声而来。刘墉认出了这是皇上的干闺女，就把老人和姑娘接到了府中。直到这时，爷俩才知道，原来干爹是当今皇上。

第二天皇上把二人宣进宫来，给他们找了个住处。没想到，在宫里虽然不愁吃，不愁穿，可繁文缛节多得要命，皇亲国戚、文武百官、侍卫、太监都是势利眼，老人受不了了。本来就病歪歪的身子，再加连惊带吓，老人没多少日子就死了。姑娘一个人孤苦伶仃地待在宫里，每日思念爹爹，常常以泪洗面。日久天长，也憋出病来，不久就死了。他们死后，乾隆碍于刘墉的面子，只得传旨，按公主的葬礼，把姑娘葬在了现在叫作"公主坟"的地方。

另外一个版本，可以算作正史：认为这个"公主坟"里埋的是孔四贞——清朝仅有的一位汉族公主。清皇室怎么会赐封一名汉族公主呢？且看它如何解释。

孔四贞的父亲孔有德，原是明朝镇守辽阳的一名参将，明末降清，顺治初年被封为定南王，后来成为清政府镇压各地农民起义和其他抗清力量的得力干将。顺治七年，孔有德率清军打到广西，杀了宁死不降的南明东阁大学士瞿式耜，从此驻军桂林，镇守广西。

顺治九年五月，一直活跃在西南的张献忠农民起义军余部——大西军，北伐抗清。起义军在李定国率领下，打到广西。七月初，起义军大败孔家军，将孔有德围困在桂林城。孔无路可走，只好手刃妾姬，闭门自焚。大西军进城后，杀了孔氏全家，唯有女儿孔四贞被其部下线国安救出。

消息传到北京，顺治帝深感震惊，下令撤朝“痛悼”。后来，世祖与皇太后（即孝庄）悯有德殁于王事，令将孔四贞送入宫内由太后抚养。于是，孔四贞就从广西来到北京，住进皇宫。

顺治十一年，孔有德灵柩自广西经北京运往东京（今辽宁省辽阳市）安葬。据《清世祖实录》记载，顺治皇帝特命“葬车至日，应遣内大臣、礼部官员各一员迎奠。并令和硕亲王以下、梅勒章京以上各官往迎”。“往东京时，仍令诸王大臣会送，给银四千两造坟，工部立碑。”接着，又派礼部侍郎恩格德给孔四贞另送去白银两万两，供她日常生活之用。孔四贞接受赠银后，又提出：“臣父骸骨，原命归葬东京，但臣兄既陷贼营，臣又身居于此，若将父骸送往东京，孝思臭展，请即于此地营葬，便于守视。”顺治帝欣然允诺，不但将孔有德安葬在京城，还以“定南武状王孔有德建功颇多，以身殉难，特赐其女食禄，视和硕格格”。从此，孔四贞成了清宫中的一名公主。

孔四贞十六岁时，孝庄皇太后曾打算把她嫁给顺治帝为妃，顺治皇帝本人亦有此意愿。但她却申明，自幼父母作主，已许配给其父部将孙龙之子孙延龄。皇太后不好勉强，只得给他们完婚，并赐第西华门外。

康熙五年，孔四贞因家口众多，费用浩繁，向朝廷提出就食广西的请求。康熙准许了她的请求，并任命孙延龄为广西将军。孔、孙举家南迁，从此一直住在广西。

康熙十二年，吴三桂等三藩打着“反清复明”的旗号发动叛乱。孙延龄碍于孔家与三藩的老关系，也参加了叛乱，受封临江王。对丈夫的反叛清廷，孔四贞一直持反对态度，认为他不仁不义。因此，她时时规劝丈夫归顺清朝，故孙延龄参与叛乱不到三年，便表示要投降清朝。这个消息不慎被吴三桂获悉，吴以欲收复广东为名，派其孙吴世琮从云南到桂林，将孙延龄暗杀。孙死后，孔四贞落入吴三桂手中，被拘往云南。直到清军最后攻克昆明，扫平三藩，孔四贞才回到京城，死后葬在京西，即现称为公主坟的地方。

这个版本还分析了孔四贞之所以受到清王朝厚遇的原因，认为是由清入关后面临的形势所决定的。那时，大抵是为了拉拢人心，而孔四贞是清朝仅有的一位汉族公主。康熙朝以后，随着政权在全国范围的逐步稳定与巩固，清政府对孔家及其他三藩由依靠变为控制。因此当孔四贞举家迁往广西后，清政府便乘势将她的名分由和硕格格降为郡主，并明确规定“下不为例”。就这样，孔四贞成了清王朝二百余年中绝无仅有的一位汉族公主。

两个版本的故事、两个不同的主人公，指向同一座“公主坟”，前一个的确凄美，后一个似乎可靠。《清史稿》中有孔有德、孔四贞的记载，研究历史的吴伯娅还写有《孔四贞研究》一文，发表在1994年的《清史论丛》上，对孔四贞的生平与入宫始末，清廷利用孔四贞控制三藩部队，又利用孙延龄、孔四贞夫妇之间的矛盾制约其权势，以及三藩之乱中孙、孔二人的表现等问题，做了一番探究。由此看来，这个“公主坟”埋葬的是孔四贞无疑了。

每天上下班经过“公主坟”，我的心里一遍遍在两个版本间权衡。前一个凄美的故事无疑来源于民间，表达出人民群众对于弱小者改变自身命运的渴望，并透露出在弱小者获得与身份不相称的高贵地位时能否获得人生幸福的几分隐忧，充满人文主义的关怀。对于我来说，我宁可相信这个故事是真的！

我有时候还想，所谓的“历史”就是已经过去了的事情，已经过去了的事像春梦一般了无痕迹。而书写“历史”的笔，原本就有两支，一支是毛笔、钢笔……是用来写在书本上的；一支是老百姓的心，写在口口相传中，是寄托在美好愿望里的。

就是这么一个平平常常的地名——“公主坟”，竟还有这么多曲曲折折的故事，这样曲曲折折的故事也只会发生在这样的地方。

北京就是这么一座文化底蕴特别深厚的城市。

清罄一声黄叶村

香山脚下的北京植物园内，有曹雪芹先生旧居的纪念馆。传说曹公在生命中的最后几年就是在这里著书，并走完他的人生历程的。当年，此地叫西山黄叶村。2008 年，我游曹雪芹旧居纪念馆，在里面买了一本胡德平先生整理的《曹雪芹在西山》，回来读后，对此更加深信不疑，心里便惦记着要再来曹公的旧居看看。

我爱人笑话我，说我这是小文人的某种微妙心理在作怪。但她也欣然表示，乐意与我同行。重来西山黄叶村前，她还问我，曹雪芹当初著书时，他能想到当日的《石头记》有这么大的影响力吗？我觉得，她这么一问，已经带有一分功利的色彩了。而曹公当初著书的目的，似乎自娱、娱人的色彩要浓厚些。因为，曹公当年写作，既没有文学刊物可供发表，也没有任何出版社可供出版，所以，他不可能得到一分钱的稿费，抽取一分钱的版税。曹公生活的那个年代，文人之间多好诗词唱和，写小说乃是市井末流。所以，也不会有名目繁多的评奖委员会，突然有一天心血来潮给曹公的作品评个奖。他自然也不可能希冀自己有一朝名闻天下，做个当红作家。

曹公写作的目的是所谓“胸中有块垒，不吐不快”吧。生在乾隆盛世，却因为家庭的变故，纵有济世之才，却也无力回天。

有了这样的思绪，再来曹公旧居。看到竹门楼旁，巨石上刻着红学大师周汝昌先生题写的曹公友人敦诚的诗：“劝君莫弹食客铗，劝君莫扣富儿门。残杯冷炙有德色，不如著书黄叶村”，便觉得心头为之一凛。

入竹门楼，眼前是一片幽篁，幽篁前有曹公的石像，石像着长袍，手执一卷，呈深思状。有许多游人与曹公的石像合影，大约他们也是有和我一样的小文人心理吧。转幽篁，前行百余米，现一古民居，这就是曹公的旧居了。小小的院门，门旁各有两株古槐，主干苍老遒劲。虽是深秋，树的枝叶却仍苍翠欲滴。

拾三级石阶而上，院门的宽度约两人同行可勉强侧身而过。曹公的旧居是一排四间的明屋，门窗饰以木制万字格，而且都开在同一面墙上。我未来西山黄叶村前，以为曹公晚年的生活一定穷困潦倒得很。我未来黄叶村前，也以为黄叶村是个凄凉之地。因为一提起黄叶，不由使人想起“碧云天，黄叶地”“西风紧，北雁南飞”的句子。曹公好友敦敏的《西郊同人游眺兼有所吊》一诗，意境也很凄清：

> 秋色召人上古墩，西风瑟瑟敞平原。
> 遥山千叠白云径，清磬一声黄叶村。
> 野水渔航闻弄笛，竹篱茅肆座开樽。
> 小园忍泪重回首，斜日荒烟冷墓门。

我未来黄叶村前，甚至想香山以红叶著称，此地当年何不冠以红叶村的名字？曹公晚年潦倒的生活和凄凉的黄叶村联系在一起，难道是一种宿命？但看了曹公的旧居后，这种想法有了一些改变。曹公的旧居虽无富贵气象，但也断无贫民之家的寒酸窘迫。而且，在清朝的时候，黄色是高贵的颜色，黄色代表天。清朝实行八旗制度，镶黄旗、正黄旗地位最为显赫。如此看来，在清朝的时候，黄叶村实实在在是一个美丽的名字。

可曹公是从豪门走出来的富家子弟，身世飘零，沦落此地，虽说无衣食之忧，但内心深处的落差一定是存在的，他的灵魂一定也经历过长久的挣扎，有过光宗耀祖、重振门庭的渴望。这一点从敦诚的诗，“劝君莫弹食客铗，劝君莫扣富儿门”一句即可看出来。当一切挣扎都已无望后，曹公转而一心著书，并不自暴自弃、放浪形骸，这是难能可贵的。而他像泣血杜鹃一样，让文字从自己的心尖汩汩流淌，却不带有任何功利性的目的，才写出一本“字字看来皆是血”的千古奇书。

从曹公旧居出来的时候，古槐前面、辘轳井旁，有三位退休的老太太正在排练节目。一位老太太拉胡琴，琴声悠扬。一位引吭高歌，唱的是《绣金匾》:“一绣毛主席，人民的好主席，你一心为我们，我们拥护你。二绣总司令，革命的老英雄，为人民谋生存，能过好光景。三绣周总理，人民的好总理，鞠躬尽瘁为革命，我们热爱你……”另一位老太太，随着那歌声，用手和脚轻轻地打着节拍。她们的神情都是那么的专注。我相信，她们的歌声都是发自内心的，一切都是那么亲切自然，而不带有任何功利性的目的。

我和爱人倚在一旁的槐树上听，不由得忘了归程。

秋是一点一点来的

你可知道，秋是一点一点来的，是凭着自己的努力一点一点地来的。

秋刚开始来的时候，悄无声息地，一点征兆都没有。你看枝头的叶子依然葳蕤着，和夏天的时候简直没有什么两样。枝头的蝉还在嘶鸣着，让你觉得夏日漫长得何时才是个头。而山坡上、园子里、街道边的小草都还绿油油的，也还在做着夏天一样碧绿的梦呢，它们压根儿也不相信夏天已经过去了。秋刚开始来的时候，悄无声息得就像你心上的姑娘，悄悄地走进沉思中的你，并且悄悄蒙上你的眼睛。

但秋到底是一点一点地来了。早上你穿着夏衣出门，会觉得胳膊上有丝丝的凉了，你以为这只是一个难得的凉爽的夏日早晨，或许明早的气温就闷热起来了。然而第二天早上依然有丝丝的凉意，然后是第三天、第四天，这凉意竟渐渐地加深了。晚上，你仰望星空，也会觉得星星比夏夜的亮了，比夏夜的多情了。你“哦”一声，原来秋果然悄悄地来了。

秋悄悄地来了，你是喜上眉梢，还是愁上心头？

许多人用四时比喻人的一生，喜欢把人生的中年比喻为秋，所以就有了“自古逢秋悲寂寥”一说，似乎秋是四时当中由盛转衰的季节。其实，秋和春夏一样，是铆足了劲儿的。春能让百花盛开，夏能让草木旺盛，秋能让万物多彩，冬能让草木凋零。四时不同，它们各司其职，春夏秋冬是凭借着各自的努力，才让四季分明的。不然春就不像春，夏就不像夏，秋就不像秋，冬就不像冬了。这也好比人的一生，少年学堂求学，青年业界拼搏，中年事业有成，老年享受天伦之乐，皆是凭借自己的努力一点一点地得来的，人生到什么阶段要唱什么歌，也是容不得半点错乱的。

秋悄悄地来了，先是你发现枝头的蝉声渐渐地弱了，一天比一天弱，直到有一天你再也听不见它们的嘶鸣。枝头的叶子也渐渐添了一丝黄意，比夏天的色彩似乎要更丰富些。一场秋雨一场凉，到后来，“晓来谁染霜林醉”，“霜叶红于二月花”。你就会知道，秋是凭着自己的努力，一点一点地来的。

有一天，秋还会悄悄走。秋悄悄走了的时候，树木和小草都会停止生长，进入冬眠的日子。冬和秋一样也是凭借自己的努力一点一点地来的，冬当然不是季节的迟暮，冬是孕育着春的季节。

现在，秋是一点一点地来了。可是，只有细心的人才会发现秋是一点一点地来的。若是有一天你感叹，怎么突然是秋天了，你要为自己的粗心和感觉上的迟钝而羞惭呢！

现在，秋是一点一点地来了。可是，只有一步一步努力过来的人，才能欣赏秋的多彩。若是有一天你感叹，这么大岁数了，自己这辈子怕是一事无成了，你要为年轻时的碌碌无为和虚度年华而羞惭呢！

双清别墅随想

双清别墅位于香山公园南侧。

我来的这天正是深秋，一个看漫山红遍、层林尽染的日子。所以，山上的游人很多，尤其是香炉峰，游人熙熙攘攘、摩肩接踵的。我避开游客最密集处，信步往双清别墅走去，进侧门，转过一片幽篁，眼前突然出现一棵粗大的银杏树，枝叶繁茂，足有半亩见方，像一把华盖。阳光从叶缝间洒下来，黄得晶莹剔透的树叶给人一种流光溢彩的感觉。

银杏树边是一座小池塘，此时，锦鳞丛集，惹得不少游人驻足、留影。池塘边是一座六角红亭。许多人可能都非常熟悉这座红亭。有一张著名的照片就是毛主席坐在这座凉亭里拍摄的：主席坐在藤椅上读关于人民解放军占领南京的号外。还有一张著名的照片是主席在这里与爱子岸英亲切交谈。岸英留下的照片很少，主席生活在双清别墅的时间是1949年的3月到这一年的9月，随后他就迁入中南海丰泽园了。而岸英1950年10月入朝，11月就牺牲在朝鲜战场，双清别墅的这一张照片就显得更加弥足珍贵。

有人曾这样评价双清别墅：这里是中国革命从农村转向城市的第一

站，是新民主主义革命的里程碑。我觉得对于这样的评价，双清别墅是当之无愧的。你要知道“打过长江去，解放全中国，将革命进行到底”的命令就是在这里发布的；你要知道当人民解放军占领南京，主席就是在这里难抑激动的心情，亲自为新华社撰写那篇著名消息的；你要知道新中国的国旗、国歌、国徽都是在这里诞生的。从某种意义上说，国旗飘扬，是从双清别墅飘向了天安门城楼。

池塘前、红亭边，是主席的双清别墅故居。故居只是一明两暗的房子，正中是会客室；东侧是办公室和用餐的地方；西侧的卧室，一张木板床，家具陈旧而简陋。可就这样的房子，主席搬过来时，还非常高兴地说，很宽敞很漂亮嘛，比我们过去住过的房子好多了。是啊，这里的确比西柏坡、比延安的窑洞、比井冈山……好多了。来到双清别墅，我想，这里是新民主主义革命的里程碑，它又何曾不是主席人生的一个里程碑呢？从这里出发，“三十一年还旧国”，那个三十一年前在北大红楼勤工俭学的年轻人才真正成了全体中国人民的领袖。

在双清别墅徘徊，我想努力地探寻在以后丰泽园的岁月里，这里可曾在主席的心灵深处占据了一席之地。如果占据了一席之地，那么占据了怎样的一席之地。据香山工作人员讲，离开香山后，主席仅回过香山一次，时间是 1953 年，他带着女儿李敏游香山寺。工作人员没有讲这仅有的一次，主席回没回双清别墅看看。据我的推测，没回来的可能性最大。因为如果主席回了双清别墅，相关的史料应该有详尽的记载。1953 年，岸英已经长眠在异乡了。主席不回双清别墅，是不是怕那座六角的红亭拨动自己心灵深处那根最脆弱的弦？

我想，即使主席不曾回双清别墅，他也该是不能忘记这里的岁月的，而且他对这里的情感也会随着年龄的增长而历久弥坚，特别是在他暮年的时候。烈士暮年，壮志不已。烈士暮年，那曾经的人和事也会像过电影一般地齐聚心头。

从双清别墅出来，天色已近黄昏。倏忽之间，暮云四合，京城华灯初放。归来时，家人正在看《百家讲坛——苏轼》的录像，北京师范大学的康震副教授声情并茂地朗诵《念奴娇·赤壁怀古》：“大江东去，浪淘尽，千古风流人物。故垒西边，人道是，三国周郎赤壁。乱石穿空，惊涛拍岸，卷起千堆雪。江山如画，一时多少豪杰。遥想公瑾当年，小乔初嫁了，雄姿英发。羽扇纶巾，谈笑间，樯橹灰飞烟灭。故国神游，多情应笑我，早生华发。人生如梦，一尊还酹江月。”

一曲听罢，不禁令人心潮澎湃。

寂寞的百望山

雪后的第三天，是个多云的天气。北京的上空，太阳像在和谁玩着捉迷藏的游戏，一会儿藏在某片云的背后，一会儿又露出了脸。可这天，太阳的脸是阴郁的，似乎不开心的样子，没有往日里灿烂的感觉。

雪后的第三天，有点风，却不大。风吹到人的脸上有点冷，可也没有冷到刺骨。我在居处附近的园子里散步，不经意间抬头，看见附近的百望山上依然白雪皑皑的，记起了“岭上晴云披絮帽”的句子，突然就有了要进山看看冬天的百望山的冲动。

也许是我来得不是时候吧，下午四点钟的光景，山门前已冷寂无人。进山后，发现山路上的积雪已经被人清扫干净了，但没有清理走，都堆在路的两旁，雪堆约有两尺来高的样子。若不是山风寒冷，我在山道上行走，真疑心是走进了秋日里江南的棉田，或者疑心是天上的白云飘落到了人间。雪后的第三天，路旁一些树木的枝桠上虽然还留着残雪，但只有那么一点点，露出黑色的树枝，已不能给人以玉树琼花的感觉了。

山道寂静得很，只有我一个人。记得在其他季节里，这山道是无比热闹的。春天万木复苏，夏天百花竞放，秋天红叶绚烂，引得北京城里的许多人从四面八方奔过来，成群结队地往山上跑，又成群结队地下山去，一路欢声笑语伴着林子里鸟儿清脆的啼鸣，经久不能停息。可现在的山道上，我没有听见人声，我只听见了自己的心跳和我孤独的脚步声。不，也有鸟鸣，从林子里传出，显得婉转而悠长。还有“飒飒”的几声轻响，那是山风掠过竹梢，吹落梢头积雪的声音。

山道旁的一丛翠竹，几天前一定个个秀气挺拔得宛如血气方刚的小伙子。可现在有积雪堆压在竹枝上，让它们个个在雪后第三天依然像一群弯腰驼背的老人。积雪为什么这么偏爱它们呢，一定是因为厚实的竹叶充当了积雪的温床，积雪压在它们身上好几天了，它们当然是个个不能甘心哪！山风掠过竹梢，它们就轻摇起身子，便有梢头的积雪抖落了，有几竿竹就一点点、一点点地直起腰来。这“飒飒”的几声积雪落地的轻响，愈显出这山的寂静来。

热闹的百望山，是我亲眼所见；寂寞的百望山，也是我亲眼所见。同样的空间，只是时间不同，便发生如此大的变化。一个人在寂静的山道上行走，突然痴痴地想问，那么这座山的本来面目究竟是热闹的还是寂寞的呢？莫非一座山也像具有多重性格的人一样？热闹的时候是真的，寂寞的时候也是真的。

别说这山的性格了，就是这山上积雪的性格也是多重的呢！向阳的一面山坡上，积雪已经融化一些了，可是背阴的地方，积雪依然残存着，没有一丝要融化的意思，透露着一股顽固劲儿。

百望山热闹的时候，我来看过她。当时那么多的人到山中来，我是一个既非奔逸绝尘，又非丰姿华美的世俗男子，她一定不会在意我的到来，不曾留意过我。可现在，是她寂寞的时候。她寂寞的时候，许许多多热热闹闹的人都不见了，只有我走过来默默地陪伴着她，欣赏着她，她该留神我的到来，把我视为她的知己了吧。

我不喜欢王国维的说法：“以我观物，故物皆着我之色彩。”如果按照这一说法，我观百望山，便少一分我与她惺惺相惜的情致了。我喜欢王国维的另一句话：“以物观物，故不知何者为我，何者为物。”

邻居大叔

邻居陆鹏飞和小乔夫妇喜得千金，这是去年7月份的事了。那时候，鹏飞的父母——大叔和阿姨从老家山西大同来京照顾产妇和孩子。产妇只需照顾一个月，后来的时间都是照顾孩子。我们和他们在一个门洞里出入，两三天的时间，即亲热如家人。

大叔走道习惯背着手，迈着沉稳的步子，一副万变处于前而不惊的样子。说话也是慢条斯理的，譬如我下班回家在楼道或者在门前的园子里碰见他，他总是笑眯眯地问我："你回来啦——"尾音"啦"字拖得很长。

大叔头发乌黑，背不驼眼不花，若不是他自己说已经70岁了，我们仅从外表上来判断，无论如何也猜不到他有70岁了。我们院子里还有一位老人，比大叔还小两三岁，却是弯腰曲背，满头银发飘飘了。大叔是名老中医，我和我爱人就感慨，从大叔身上就可见中医养生理论的奥妙精深，不由得开始留意大叔的日常生活规律。

我们发现，大叔的生活极有规律。照料婴儿的活儿，一般人忙碌得鸡飞狗跳的。可大叔无论怎么忙碌，午饭后必定要休息一会。所以，落在阿姨身上的担子要重很多。

有一回，我恰巧看见大叔在厨房里洗碗，和他打了个招呼。大叔见了我，却有些不好意思的样子。阿姨笑着说，在老家的时候，大叔从来没有下过厨房。现在猛然一下厨房，还被外人撞见了，他就有些尴尬的感觉。山西土话称“丈夫”为“老汉”。阿姨说：“现在带孩子，我老汉是没得办法。在老家的时候，什么家务活儿，全都不用他干的。”

我爱人和阿姨处得熟稔，她告诉我，大叔和阿姨小时候都是孤儿，老两口相濡以沫一路走过来，生了几个孩子都非常有出息，大叔和阿姨都是非常了不起的老人。我爱人还告诉我，阿姨一直宠着大叔，不舍得让他做家务活儿。现在阿姨也上岁数了，一个人既带孩子又忙家务干不过来，一辈子不下厨房的大叔也只好下厨房了。

我爱人献身祖国的科研事业，在工作中做拼命三郎，透支了自己的身体，请大叔开个方子，好补一补。我敲开他的房门进去，说明来意，大叔欣然提笔，药方上留下一行行书，字写得漂亮极了。让我们这些成天对着电脑屏幕的人惭愧。

阿姨说：“我老汉喜欢写字，一看见好的书，他就喜欢抄。年轻的时候还喜欢剪报，剪的报纸啊，都有这么厚。”阿姨把大叔来京后抄写的字拿给我看，翻开一本软面抄，纸上的字个个笔锋遒劲、龙飞凤舞。

平日里，大叔有散步的爱好。晚上，鹏飞夫妇回家了，大叔和阿姨就把孩子交到他们手上，两个人在附近的园子里走走，自得其乐。周日的时间也是属于老两口的，来到北京后的第一次旅游，大叔和阿姨去了天安门广场，第二次去了毛主席纪念堂。

相处得久了，我还知道了大叔其他的一些爱好。譬如说大叔爱读书。我问大叔都喜欢什么书？大叔说他是杂食动物，什么书都爱读。但据我的观察，其实他读书还是有偏好的，多是文史类的书，尤其偏好人物传记和文学名著。大叔说他在山西的家中有很多书，书很沉，不能往北京带，现在可读的书很少，有时候他也去社区的图书馆借阅。恰巧我混迹于文坛，平日里有一些别人的赠书，还有一些发表了我的文章的杂志，我都借给大叔看。借出去的杂志，大叔只挑我的文章看。这并不是说我的文章写得好，大叔的意思是想看看我的文笔怎么样，我的文章都关注哪些内容。

去年年底的时候，大叔说："这些书，我看完就还你。"

我表示不着急，大叔随便看到什么时候都可以。

今年刚从老家过完春节回来，大叔就把我借给他的所有书和杂志都还回来了。说他过几天就要回山西老家，书都看完了，所以现在还给我。还回来的书不但没有一丝折损的痕迹，而且还用牛皮纸包了封皮，包得一丝不苟的，我不禁肃然起敬。

我问大叔："您回去了，那鹏飞的孩子谁照顾呢？鹏飞和小乔做科研的，那么忙。"大叔的意思是山西老家那边还有别的子女，他们也盼着他早点回去。另外，小乔的父母也想念外孙，正好他们可以过来照顾些日子。

我又问他："是不是等小乔父母回山西时，您和阿姨再过来。"

大叔的意思是小乔父母在京住半年，等孩子大点儿，要把她带回老家照顾。那时候，我们听了心里就有些恋恋不舍了……

分别的那一天还是来了。那天上午，鹏飞去叫出租车了。我们和大叔、阿姨说些道别的话。一会儿，出租车就来了，停在一栋大楼的前面，司机招呼着大叔和阿姨快上车。这时候，我家那口子的眼泪就不争气地往出流了，她怕大叔看见，躲在大楼的一侧抹眼泪。

大叔就要上车了，回头没有看见我爱人，跑到大楼一侧来找，看见她这个样子，大叔的眼睛也是红红的……

"五一"了，鹏飞夫妇一定向他们的爸妈问候了节日快乐。父母和子女，即使远隔千里，天性中的那一份思恋，也要比那电波更绵长些吧。

"五一"了，我们没有给大叔电话，可我们也在想念着这位可亲、可敬而又可爱的老人呢，不知道远在山西的大叔感受到我们这一份思念没有？

东北人的“吃”

东北人在吃法上比较粗放，喜欢吃生的蔬菜。

黄瓜、洋葱、大白菜就不用说了，大蒜、辣椒也喜欢吃生的。山东人也喜欢吃生的大蒜，但吃法和东北人不一样。山东人掰一瓣大蒜，一点一点往嘴里塞，细嚼慢咽的，像用蒜瓣磨牙垢。东北人掰一瓣大蒜，整瓣儿扔进嘴里，“嘎嘣嘎嘣”几下嚼碎咽下去，仿佛咽慢了，有人跟他来抢似的。生辣椒，东北人洗了后，不用菜刀，拿手撕成几片，蘸点酱，也是“嘎嘣嘎嘣”几下嚼碎咽下去。

第一次拜望未来岳父岳母的那个暑假，火车上，一位东北大姐饿了，从随身携带的布兜里抓出一把生蒜薹，拿出一只酱碗，蒜薹蘸点酱，塞进嘴里，“嘎嘣嘎嘣”地嚼，把坐在对面的我看得目瞪口呆。

当然，东北人并非生吃所有的蔬菜，有些蔬菜也煮熟了吃。譬如茄子，整只大茄子，囫囵煮熟，然后，用手撕开，蘸点酱吃。所以，酱碗是东北人餐桌上必不可少的。东北人吃煮大茄子吃得额头冒汗，觉得这是人间的极品，再也没有比这更味美的了。

我读研究生时，有两位同学处男女朋友。男同学是浙江温州人，女同学是辽宁海城人。一个假期，听说男同学到女同学家拜访。未来女婿登门，未来岳家煮大茄子招待。回学校后，两个人就分手了。为什么呢，因为男同学觉得女同学家拿煮大茄子招待自己是瞧不起自己。东北的同学听了，就觉得这男的矫情，就觉得这只不过是个借口，分手的主因一定不是吃煮大茄子。茄子不这么吃，该怎么吃？不这么吃能好吃吗？

吃什么只是表象，这个男同学在乎的是未来岳家对未来女婿的态度，是瞧得起他还是瞧不起他，是拿他当回事还是不拿他当回事，这可是关乎面子的大问题！

南方的风俗，把未来女婿叫“新姑爷”，老古话“新姑爷上门，小鸡掉魂”说的是未来女婿上门慢待不得，初次登门，未来岳家要杀鸡宰羊，好吃好喝地招待。

我的未来岳家养了 98 只鸡，这些鸡一只只硕大肥美，精神抖擞。我第一次登未来岳家的门时，这些鸡就像见了灾星，“呼啦”一声四下逃窜，敏捷如狡兔。好在我未来岳家并不曾磨刀霍霍，这些绝顶聪明的鸡再见我就不像见灾星了，只是内心还有些忐忑，啄食时还要不时抬眼观察一下我。后来，这些鸡啄食时，基本可以做到对站在附近的我视而不见，进入另一种境界了。

我在未来岳家待了一个暑假，来时有 98 只鸡，走时却是 97 只鸡。少了那一只，并非“新姑爷上门，小鸡掉魂”，而是某天夜里被黄鼠狼偷走了一只。

这个暑假，我在未来岳家也是天天吃煮大茄子。我的男同学因为吃煮大茄子和女同学分了手，而我最终没有和我女朋友分手，是因为我吃煮大茄子吃得脸面灰突突时，我女朋友告诉我，并不是她老爸老妈不把我当回事，她们家吃茄子自古以来就是这么吃的，不知道茄子还有别的吃法。她们家也没有杀鸡招待客人的习惯，如果真要想吃，那你明年再来，这些鸡中年龄最大的才九岁，她们家杀鸡只杀十年以上的老鸡。至于你不想吃煮大茄子，那你自己做烧茄子、炒茄子……说完，把一堆生茄子堆到我跟前。我只好叹了口气，一边亲自操刀、下厨，一边怨自己命苦了。

想想我那两个同学，大约女同学不如我女朋友擅长和风细雨地说理，在对待男朋友吃不惯煮大茄子的问题上，脾气火呛呛得很。“这么好的美味，你居然吃不惯？吃煮大茄子你都觉得委屈了，那将来委屈的地方还多着呢！你吃不吃？不吃，咱俩就拉倒！”男的估计也是火呛呛的。“拉倒就拉倒！”两个人就这么拉倒了。

当然，东北菜也不尽是煮大茄子和生吃大蒜、辣椒、蒜薹等。东北人也做酸菜炖粉条、雪里蕻炖豆腐、东北乱炖等，也蛮对南方人口味。尤其是东北乱炖，各种菜炖在一起，色香味俱全，营养丰富，让人大快朵颐。东北菜中还有一道菜叫“小鸡炖蘑菇”，只是我在东北待了十几年，一回也没吃过。因为我担心这些“十年”以上的“小鸡”炖出来还能否嚼得动。即使慢工夫炖出来嚼得动，也味美可口，我也担心人吃了这“十年”以上的“小鸡”后，身体能消受得起否。

京城里东北菜馆遍地。囊中羞涩的人大可豪放地迈进去，东北菜经济实惠得能让自卑的人吃出自信来。只是这些菜馆离开白山黑水后，不接地气，鲜有提供生蒜薹和生辣椒让客人品尝的，吃不出在东北吃东北菜的感觉了。

你该乘坐哪辆车

早高峰时的地铁站，是北京最热闹的场所之一。只见熙熙攘攘，人头攒动，拥挤不堪的场面赛过庙会。如果运行的地铁不巧出了故障，地铁站内的人群瞬间就会密不透风，达到饱和状态。后面进不了站而聚集在站外的人群黑压压一片，而远处还有人流不断地往这边聚集，这场面就不仅是热闹，而是壮观了。

这时候，站内的工作人员就会全部出动，手持扩音器，声嘶力竭地反复劝告等待乘坐地铁的人们改乘其他的交通工具。

二〇一三年的一天早上，我到地铁十三号线上地站，准备由此乘车到知春路站，就遇到了这一幕。那一刻，我心里沮丧极了。因为，如果顺利地乘上地铁，经过两站，大约花费十分钟就到了知春路站。如果改乘其他交通工具，早高峰时，交通拥堵，不知要在途中耽搁多长时间。聚集在站外的人群听从了劝告，渐渐消散。我在站前等待了一两分钟，最后抱着从众的心理，换乘了汽车。结果那天早上折腾到十点才到知春路站。

事后，我查看新闻，才知那天早上八点二十分地铁运行信号出现故障，八点四十五分信号故障排除，列车就恢复运行了。看到这个消息，我心里那个后悔啊，如果当时不改乘其他的交通工具，乘上八点四十五分开始运行的列车，早上九点就会到达知春路站。自己当时还在等候地铁恢复正常和改乘其他交通工具之间纠结了一下，但最后还是选择了后者。如果当时选择了前者，那么那天早上，我会节约耗费在路上整整一个小时的时间。但接着假设，如果那天早上的列车并非八点四十五分开始运行，而是九点四十五分？或者更晚一些，乃至一个上午故障都不能排除，也不是没有可能，那么听从地铁工作人员的劝告，改乘其他交通工具，就不失为一个明智的选择。

这么想起来，乘地铁也好比人生。因为，我们不知道将来，甚至下一刻将如何变化，会发生什么，所以，在现在的这一刻，我们无法判断自己对未来的选择哪一个优，哪一个劣；哪一个对，哪一个错。

所以，我们常常会浪费不该浪费的时间，走不该走的回头路。

所以，我们常常会听见感情破裂了的男女互相指责说："我当初真是瞎了眼哦。"

人生最大的困惑是未来不可知的困惑。下一步，你该选择什么样的交通工具？你是选择坚守还是选择放弃？这就像在古代的政治生活中，有的人选择了一个主子，奋不顾身地抱住主子的大腿，如果主子平步青云，抱住他大腿的人也会升天。如果主子失足，从云端跌落尘埃，那么抱住他大腿的人也会摔得鼻青脸肿。这里面暗含着怎样的一种运气、一种玄机啊。许多人嗟叹，时也！运也！命也！其实，这嗟叹都是对未来不可知的嗟叹。

然而，未来并非完全不可知，未来像一个少女，她蒙着面纱向我们走来，有时她可能会向我们羞涩地撩一下面纱。有着敏锐目光的人自然会捕捉到她美丽的容颜，哪怕只是电光石火般的一瞬，也会得到神灵给予的暗示。即使我们目光驽钝，不曾捕捉到那一瞬，有些聪慧的人，总能通过她的面纱猜测到她面容的大致轮廓。我们在属于现在的这一刻，总能大致看到属于未来的下一刻的影子。

再回到二〇一三年的那天早上，如果我事先收集近几年来北京市地铁运行故障资料，找出地铁因故障停运最长的时间是多少，最短的时间是多少，发生故障时间长的次数有多少，时间短的次数有多少，我就会知道北京地铁最长的停运时间从来没有超过一个小时，那么我就不会改乘汽车，耗费掉那因拥堵而不可预知的时间了。如果我这么做了，下一步我该乘坐哪辆车，选优的概率就会大了许多。机会总是偏爱有准备的大脑。

我常常感叹古贤人的处世态度，面对未来的不可知，他们有更好的抉择本领："穷则独善其身，达则兼济天下。"修身养性，坚持自己如兰的品质，然后以不变应万变，以一颗平常心对待一切。顺应自然，努力而不强求。只问耕耘，不问收获。

享受每寸光阴

有个机构搞了一个国内城市上班路上耗费时间排行榜，北京市荣登榜首，上班族平均耗在路上的时间大约是五十四分钟。我每天从海淀区百望山脚下乘坐公共交通工具到西城区宣武门西大街上班，一个单程就得一个小时十分钟，来回接近两个半小时，远远超出平均值。由此可知，北京市能获如此“殊荣”，我在其中的贡献之巨！

现在的两个半小时，还是我经过多次的亲身实践，终于找到的一个最优出行路线呢。几年前，我刚来北京的时候，先是选择坐651路或者362路公交车到西直门，然后再换车。这两路公交车毫无例外都要经过北五环桥——肖家河桥。上下班的时间，肖家河桥上的车常常堵得水泄不通，绵延到万泉河桥南一带的公路简直成了露天的停车场。有一回我下班，耗在路上的时间就花掉了三个小时。下午五点从单位出发，晚上八点钟还没有进家门。我偶尔也会坐特4路车，但特4路车经过中关村大街，那儿上下班时间堵车的情景与肖家河桥比起来，是有过之而无不及。

后来我选择坐449路车到上地城铁，或者坐362路车往西二旗城铁方向走，然后再换地铁2号线。坐地铁的时间比较固定。“晨兴理荒秽，带月荷锄归”，春去秋来，寒来暑往。我的上班出行时间才固定到现在这么个水平。

外地的朋友听说我上个班耗在路上都需要这么长时间，常常惊讶不已，惊讶之余对我报以十二分的同情。刚开始来北京的时候，我自己也惊讶，我这究竟是去上班，还是去外地出差？

刚开始来北京的时候，每天我疲惫不堪地在路上奔波，常常回忆起自己在地方，住在单位的院子里，上下班的路程不过十分钟，地方的生活简直美如天堂。美如天堂却要跑到北京来遭洋罪，我是不是脑袋瓜叫驴给踢了一脚？当时的我后悔得肠子都发青了。

但世上没有后悔药，我也不能天天带着一根发青的肠子在路上跑，总带着一根发青的肠子在路上跑，没准小命就玩完了。渐渐地，我就适应了。适应后就想，上下班之路其实也如人生，人生是一个过程，过程无所谓好和不好，你所经历的一切都是财富，关键在你自己如何去看待。如果我把上班途中的时间，当作一种痛苦，那么我每天都要经历这种痛苦；如果我把这当作一种不幸，那么我每天都要经历这种不幸。如果我把它当作一种享受呢？我就试着来享受我所经历的过程了。

我开始寻找有趣的现象。譬如乘坐城铁，我发现候车的乘客多往列车前进的方向聚。上了车厢，也会发现，列车前部的车厢常常人满为患，而尾部车厢的乘客却寥寥无几。譬如乘坐公交车，有两天早晨我坐特4车，寻找的是个两两相对的位置。第一天，我的对面是位三十多岁的父亲领着一位六七岁的小男孩，父子俩像一个模子里脱出来的，而且都不苟言笑的，就这么默默地坐在我的对面。我不知道他们要到哪里去，我下车的时候，他们还没有下车。巧的是，第二天早晨，我的对面依然坐着这父子俩，相同的位置、相同的表情，那一刻真让我有了时光倒流的感觉。

有一个雨过天晴的早晨，公交车在等绿灯时，坐在车厢里的我发现街道旁边还有一汪水，当然这水是非常浅的，也许一会儿太阳升高后它就会很快被蒸发掉，也许一会儿清洁工人过来它就会很快被清扫掉。可我和它还是有缘的，我路过的时候，它毕竟是存在的，风吹过来，它还泛起了一层涟漪，许多上班族的脚步绕过它，从它旁边匆匆而过。公交车启动的一刹那，我脑海中的一条鱼就跳进那汪浅水了。由此，我构思了一篇名为《失落在街头的小鱼》的短篇小说，发表在《黄河文学》2008 年第一期。

偶尔，我还会坐公交车经过肖家河，因为自从 362 路车改成大站快车后，从我的居住地出发到西直门，不堵车的时候只要 30 分钟。节假日去单位值班，我就选择它作出行工具。虽然不堵车了，但公交车一停靠在肖家河，即便是节假日，仍有许多人蜂拥而至，似乎肖家河的居民倾巢而出，车门前人头黑压压的，那场面不亚于春运期间火车站的热闹劲儿。公交车的容量有限，一些人挤上来了，一些人没有挤上来，只得再等下趟车。挤上来的人似乎是挤得兴奋了，操着各地乡音在车厢里大呼小叫。我从他们的面容、他们的神态中，想象着他们的生活——来到北京的和在各自家乡时的生活。我的路途便变得丰富多彩起来。

有一个周日从单位值班回来，公交车又经过肖家河桥，西山一览无遗，一轮橙黄色的落日正挂在百望山的山洼处，景色美得让人心惊。藏在我心底的肖家河的人物都一起活泛起来，有些突如其来灌入我脑海的故事，竟让我自己感动得热泪盈眶。

哲人说，你不能改变生活时，你就去适应生活。我说，假如把生命中的每寸光阴都当成一种幸福来享受，你也必定是一个幸福的人。

守望稻田

岳父迄今引以为豪的有两件事。一件是，二十七年前，他作为黑龙江省水利系统的干部在人民大会堂开过会，受到曾在黑龙江工作的时任水利部部长做客家中的邀请，那位部长叫杨振怀，是杨振宁的弟弟。说起这件往事的时候，岳父的脸上飘来一朵红云，红云映射得他脸上每一个笑的纹路里都盛满了激动，仿佛他正在人民大会堂里开会，正在水利部部长家中做客。

我第一次听他说这件自豪事的时候，是 2005 年的夏天。岳父穿着长筒胶靴的两只脚分别站在稻田两行禾苗的中间。这时候，他的身份已经是农民，因为犯了“超生”的错误。也许再过若干年，“超生”成不了错误。但我爱人的那些弟弟妹妹们“生不逢时”，让岳父站到了稻田里。

父母恩、夫妻情、儿女债。儿女债缠身的岳父，经历了两年的彷徨后，又毅然辞去镇工办主任的头衔，在乌苏里江边开垦了千亩荒地。从农民家庭走出去，又回来重操旧业。岳父的道理简单却靠谱：农民有了土地，心中不慌，儿女债才可以慢慢偿还。

2005 年的那个夏天，乌苏里江畔凉爽宜人，空气中弥漫的是泥土的芳香。新开垦出来的土地，在岳父手里，已经变成了稻田。乌苏里江边的稻子从种植到收割需要近五个月的时间。岳父每天走在他亲手修筑的田埂上，精心观察着稻子的生长情况，眼里满是怜爱，仿佛这些稻子也是他的子女。有时候他的神情很陶醉，仿佛听到了稻子生长的声音。

土地黑得流油，不用施一点化肥。稻田里的水，也是天上落下来的雨水。岳父在他的稻田中间打了一口水井，雨水少的季节，甘甜的井水通过水泵涌出来，欢呼雀跃地奔向稻田。这井水不但稻子爱喝，人也爱喝。清甜、一尘不染，无一丝杂质。饭桌上刚吃完红烧肉，端起一瓢凉水咕咚咕咚灌下去，一点事没有，你压根儿不用担心腹腔轰鸣要马上提着裤子往厕所奔。奶奶喝了十年这水，九十五岁时，无病无灾地仙去。

我和爱人觉得这样健康、无污染的水如果做成矿泉水销售，一定很受消费者的欢迎。那个夏天，我们还真起了这个念头，也摩拳擦掌的，颇有大干一场的架势，但回到北京，各有一摊事，忙起来了，这水的事就丢到爪哇国里了。另外，去岳父家一趟实在是太不容易了。现在有了鸡西机场，坐飞机到鸡西，还得坐五六个小时的汽车到虎林，再从虎林到乌苏里江边，要花两个小时。如果不坐飞机，从北京坐火车，一个单程大约需要两天一夜的时间，这水再好，咋运出来啊？

然而，就是从那么偏远的地方——中俄边界一个叫虎头的小镇，有个女孩一步一个脚印地走了出来。读大学时，她在数九寒冬却没有暖气的屋子里坚持读书，手冻成发面馒头一般也没有察觉。后来，她走到北京读完了博士，在协和医学院工作，现在美国康奈尔大学做访问学者。一路走来，她记住的是父亲的话，一分耕耘必然有一分收获。这个女孩是岳父的大女儿，这成了岳父引以为豪的第二件事。这也成了我引以为豪的一件事，她成了我的爱人。岳父其实话不多，十年的稻田耕耘，让他变成地道的农民，岳父有他作为农民的信条，他不喜欢花言巧语。我话也少，和他比较投缘。

隔了许多年没回岳父那片稻田看看了，前几天本来已经订好了往返的票，因为种种原因却未能成行。但那片稻田的模样时常出现在我的脑海里，我和爱人曾为那片稻田取了一个“罗湖农场”的名字。“罗”是岳父的姓，“湖”其实是一个小池塘。谈恋爱的时候，听她把那小水沟描绘成波光潋滟的样子，这小池塘就在我的脑海里泛滥成“湖”了。

稻田的旁边也没有湖，倒有一条河流过，流经“罗湖农场”的这段叫黑鱼泡子。从这名字上，就可以看到它的野趣了。泡子大约有四五十米宽，长度不详，是乌苏里江的支流。夏天的荷叶和蒲草在河的两岸恣意生长，荷叶长得齐腰深，蒲草高过人头。河里的鱼，都是野生的，用“罗湖农场”挖来的蚯蚓做钓饵，抛下去立刻就有鱼儿上钩，摘鱼放饵，让你忙个不停。城市周边养殖的鱼，可没这么容易上钩，一条条鬼精着呢。

前两天，岳父发来他的稻田的照片。稻子还没抽穗，稻苗青绿绿地铺到天边，稻田上方的天空澄澈如镜，几朵洁白的云似轻纱在曼舞；有天鹅优美、高傲地飞过稻田。看着这照片，一时间我也产生了如庄子那样的恍惚，不知究竟是这天空倒映了澄澈的乌苏里江水、岳父的稻田，还是乌苏里江水、岳父的稻田倒映着这澄澈的天空。

而岳父的稻苗虽然朴实，却株株蓬勃，健康而又有灵性地生长在这片纯净的天和地之间。有嘉禾如斯，我觉得这该是他引以为豪的第三件事吧。

兔　趣

春天的时候，女儿走到养兔人的笼子前就不肯挪步了。我们只好把这只小白兔买了回来。它是那么的小，小得只有一只大耗子那么大，但很活泼，在笼子中一刻也不闲着。女儿喜欢它红红的眼睛和长长的耳朵，喜欢它短短的尾巴，喜欢它每一个细微的动作。

女儿管小白兔叫妹妹，自己当起了它的姐姐。晚上，躺在被窝里，她惦记放在院子里笼中的兔妹妹会不会冷；早上吃面包喝牛奶，她要拿一片面包、一杯牛奶喂她的兔妹妹。当她得知兔妹妹不喜欢吃面包，不喜欢喝牛奶后，就常常拿着新鲜的菜叶喂给兔妹妹吃。那些天，她和她的兔妹妹打得火热，有事没事总是跑到兔笼边。女儿从她的兔妹妹身上，得到不少成长的乐趣。

女儿上幼儿园了，喂养小白兔的任务就落到了我的肩上。不养鱼不知鱼之乐，不养兔不知兔之趣。饲养的过程中，我才得到许多关于兔的乐趣。

我只给兔子喂新鲜的萝卜和菜叶，不曾购买过一次商家精心调配的兔粮。在菜叶中，我发现兔子最喜欢吃的是地瓜叶和莴笋叶。兔子的嘴很刁，有了地瓜叶或莴笋叶便不吃白菜叶，有了白菜叶便不啃白菜帮子。靠着各种菜叶和萝卜，我家的小白兔的日子也过得滋润得很，一天天长大，身体也一天天肥硕起来。到了夏天的时候，原来的兔笼已经显得狭促。我们在院子的一角为它换了只大笼子，让它住进了宽敞的房子。大笼子是邻居送的，原来是邻居养狗用的。而我家的小白兔真长成小狗崽那么大了，浑身圆鼓鼓的，一色的白毛，纤尘不染。

兔子智商也不低，我是它的“衣食父母”，它懂得找我索求。每天我下班回家，它见了我，身子直立起来，两只前腿搭到笼子的铁丝上，嘴巴从笼缝中探出来，它虽然不会叫喊，但两只腿把笼子扒拉得摇摇晃晃，鼻翼一张一合的。我知道它是饿了，忙往笼子里扔进一些菜叶或萝卜。被需要的感觉，挺好。

说实话，我是个粗心的饲养者。平时除了往兔笼中投放一些蔬菜，帮它收拾一下卫生外，并不曾对它多眷顾一眼。一天，它挤出笼外的半个脑袋把我吓了一跳，传统文化中的兔子多是贤淑文静的玉女化身，怎么我家的兔子有了青面獠牙的感觉？仔细一瞅，原来是它的两只下牙长得超长，几乎抵到鼻子的位置了。赶忙查阅资料，才知道原来兔子和老鼠一样是啮齿类动物，牙齿长得飞快，需要不断地磨牙。野生的兔子靠啃些干草、树皮等磨牙。我家的兔子一直吃新鲜的蔬菜，得不到磨牙的机会。想到要带它去宠物医院剪牙，对于平时连去超市都嫌人多的我来说，觉得太麻烦了，于是下决心自己帮它剪牙。

给它剪牙，它当然不肯乖乖地配合，乱踢乱蹬，一个人根本搞不定，全家人上场。第一次剪牙，我戴着胶片手套抓住它的前腿，它的后腿蹬过来，不但蹬破了手套，还在我的手背上留下几道印痕。后来剪牙，我们用布带捆住它的腿。一家人分工协作，我负责让它老老实实，不要轻举妄动；妻子当上了兽医，胆战心惊地用指甲钳剪牙；女儿则在一旁为我们呐喊助威，她一边为我们打气，一边勉励她的兔妹妹要像她一样勇敢，她在口腔医院修牙时，一点也没有哭闹。

剪过牙的小白兔有了依赖性，自己不知道磨牙了。迄今为止，我们已经为它剪过四回牙了。虽然，每一回都有如临大敌的感觉，但松了一口气时的感觉真是太美妙了。

只要我在家，天气又晴好，我就把它从笼子里放出来，让它在院子里撒欢，我可不想让它丧失了奔跑的天性。它像个好奇心十足的儿童，对院子里的一切都感兴趣。墙角有两只空花盆，它跳进去跳出来，里里外外嗅个遍；偶尔追逐着飞舞的蝴蝶，向东跑去突然又折向西；时不时把前腿搭到院墙上，有翻到墙外的意思，可惜院墙不低，它只好垂头丧气地又缩到墙角。

院子里有棵柿子树，柿子树下有只案子，是平时养花用的。秋天，院子里结了一树火红的果子。秋末，摘柿子时，有不少柿子从树上掉下来。坏了品相的柿子，就把它们晒到案子上，让它们变成柿饼，等来年春暖花开的时候，好品尝我们自制的美食。

这案子约有八十厘米高，我把兔子从笼中放出来的时候，压根儿就没想过它能跳上去，就转身进屋了。过了大约一个小时，我从屋子里出来，发现兔子跳上了案子，正津津有味地在享用我晾晒的柿饼。见我出来，它只是略略抬抬了头，又心安理得地享用了，真是自家人用不着一点客套。我辛辛苦苦晾晒的柿饼，就这样成了它的美食。它慢慢地享用，一直享用到这个春暖花开的季节。

能跳上这个案子，全靠它的后腿弹跳力。第一次发现它偷享我的美食，我赶它下来。它仓皇触地时，不小心碰断了一颗牙齿。从此，为了美食，它敢跳上案子，却不敢从案子上跳下来。每次都是我把它从案子上提溜下去。

有一次，我起了玩心，想把它从案子上诱惑下来。我放了一把它最爱吃的莴笋叶在案子的旁边便躲进屋子里，从窗户后面偷窥它的举动。

莴笋叶对它的吸引力果然很大。它躁动起来，在案子上走来走去，寻找着最佳的起跳点，寻来寻去，跃跃欲试了好多回，最终还是内心的胆怯战胜了眼前的诱惑，退缩到桌子的一角，心无杂念地清理起自己的毛来。

有一天我把它放到院子里，就外出办事了。等我从外面回来，夕阳余晖在院子里悄悄移动。它竖着两只长长的耳朵，静静地坐在已经没有了柿饼的案子上，静静地等我回来，仿佛已经等我几十年了……我不能不把它当成我家的一员了。

现在，女儿给她的兔妹妹取了个名字，叫“由由”。

愿“由由”在我们家，能够得到它一生的快乐吧。

老猫的诡计

这只小花猫跑到我们家院子里时，大概才一周那么大。我之所以这么准确地说出它的年纪，是因为一周前的一个傍晚，我们发现院门前的香椿树下，那只黑白花的流浪猫刚产崽。从去年到今年，从春到夏，它常常来我们的小区里游荡。春天的时候，它的腹部隆了起来。它的伴侣是一只浑身乌黑、身材壮实的雄猫，我们也见过这只雄猫，闪着幽灵一般的眼睛，在我们小区里逡巡或一闪而过。

那天，不见雄猫，母猫卧在院门前的香椿树下，怀里有四只小猫，两只黑白花的，两只黑色的，都只有小耗子那么大，一拱一拱地聚在母猫的怀里吃奶。看见我们走近，母猫把自己当成了一只大老虎，抬头龇牙咧嘴地冲我们发威。我笑了笑，走开了。我爱人往香椿树下丢了一些猫食，也走开了。女儿却稀罕得不行，执意要收养这些小流浪猫。我们以流浪猫的身上尽是跳蚤、病菌为由，打消了她的念头。

第二天早上，我出门时，还特意往香椿树下瞅瞅，母猫和它的四只幼崽都不见了。它们原本就是流浪猫嘛，东游西荡的，走了也就走了，我压根儿就没往心里想。谁知，这天，有一只幼小的花猫竟从院门跑进了我家的院子。

它是从哪里进来的呢？院子里有棵高大的柿子树，有枝条伸过墙头。但这只小花猫一定不是顺着柿子树进到院子里的，因为它见我进了院子，惊恐地在院子里乱窜，并不曾顺着柿子树逃走。那就一定是院门没有关严，它从门缝里钻进来的。

我没有过分地惊扰它，它瑟缩在树干后面，似乎还瞎了一只眼，身体很羸弱，不时发出的哀鸣声，显得细若游丝。

我动了恻隐之心，暗暗自责，如果那天依女儿的意思收养了它们，断不至于让它落到瞎了一只眼的地步。这一周时间，它们不知经历过什么，一只眼怎么还瞎了呢？是被狗撵得慌不择路被树枝戳伤了，还是被其他动物抓伤的？它的那些兄弟姐妹呢？也许被好心的人们收养了吧。既然它孤零零地寻到我们家来，我们自然不能对它袖手旁观。

女儿对这个不速之客欣喜若狂，她从厨房里找来几片火腿放在一个小碗里。我又找了一只旧碗，倒进半杯牛奶。我把这些都放到柿子树下。它大概是饿极了，不再逃窜。我们一离开，就扑到两只碗前，一阵狼吞虎咽。吃饱喝足后，抬头打探四周，眼睛里露着满满的怯意。

我想带它去宠物医院，不知那只瞎了的眼还有没有医好的希望。起了这个念头，我又增了一分好奇心，想仔细观察一下它的眼睛究竟是怎么了。我刚靠近它，它又惊慌起来，在院子里乱窜，不知道上树，大概还没有学会爬树的本领。好在院子不大，只有二十平方米左右，它蹿到两个花盆之间，缩着脑袋。我捏住它的颈皮提起来，它大概是吓傻了，一动不动。近距离观察，我发现，它那只瞎了的眼睛，上下眼皮还被黏液黏在一起。我吩咐女儿找来眼药水，往这只受伤的眼睛上冲洗，冲洗三遍后，又用棉签轻轻地擦拭。女儿惊呼起来，小猫的眼睛没有瞎。那只眼睛的上下眼皮被分开后，也露出像宝石一般的眼球。大概那只眼只是被蚊虫叮咬得厉害，药水的冲洗起到了消肿杀毒的作用。救死扶伤的感觉很美妙，我和女儿都为我们成功地当了一回兽医而兴奋起来，马上决定要收养这只小花猫了。

院子的一角原本有个放置花盆的铁架子，有约 30 厘米宽，50 厘米长，100 厘米高。我和女儿用塑料布蒙住铁架子的顶和左、右、后三面，下面放进一只塑料泡沫箱，一个不错的猫舍就搭建成了。

夜里睡在床上，女儿还惦记着家里的新成员，她说小猫这么小就不在妈妈身边了，不知它在猫舍里可睡得踏实。女儿下床，我拿着手电，陪她出屋来看。一推门，一只黑白花的老猫猛地蹿到树上，三下两下就跳过了墙头，原来是那只母猫寻到我家来了。再看那只小花猫，蹲在柿子树下，仰首望着老猫跳走的方向，“喵喵”叫了两声。

我很怀疑，这只受伤的小花猫跑到我们家来，是老猫的主意，向我们家来求救了。为什么不去别家，单来我家求救。大概是因为我爱人常常把一些食物放到门前的香椿树下，喂养流浪猫。老猫有印象，也有智慧，判断这户积善人家不会见死不救。

我们只想收养一只流浪猫，并且打算等这只小猫一成年，就去宠物医院给它做绝育手术。我们可不想一个小小的院落，方寸之地，成为猫的乐园。谁想到，有天一回家，院子里黑压压的一群，那只母猫和幽灵似的雄猫带着三只小猫，加上我家的那只，一共六只猫。猛然间，把我吓了一跳。听见门响，两只老猫领着三只小猫噌地蹿上树跑了。以后几日，天天如此。

我爱人每天给小猫添加满满一碗猫食，晚上我们回家，碗底朝天，空空如也。我很怀疑，这只受伤的小花猫来到我们家，是老猫的诡计。老猫领着小猫在外面流浪，饥一顿饱一顿的，现在老猫在我家安置了一个“内应”，有了定时定点供应的“免费午餐”，老猫当然要领着其他三只小猫前来分享了。我甚至怀疑，那只小花猫的受伤，都是老猫的诡计，不然老猫怎么把小猫安插到我家来。

老猫和那三只小猫现在已经把我们家当成它们的一个据点了，我家的院子里，几只猫爬上爬下，跳来跳去，热闹非凡。我有时见了，睁一只眼闭一只眼。有时又觉得中了猫的奸计，我不免恼羞成怒，便想断了这些猫要把我家的院子变成乐园的梦想，看见它们蹿到我家院子里，就推门出来恫吓它们。

这些猫也与我斗智斗勇，它们见我出来或飞快地蹿出墙头，或蹿到我们的房顶，躲到屋脊后面，不时窥视，缩头缩脑的。只要我一回屋子，它们立刻又顺着柿子树蹿进来。我家的院子里，一天到晚，扑通声不断。这让我想起自己小时候，跟着几个小伙伴趴在土埂下，想偷摘邻居家的桃子和梨子，伸头缩脑地观察邻居家情况的情景，不由扑哧一乐，对猫的一腔怨气就化为乌有了。

两只老猫和另外三只小猫在院子里见到我们，都要飞快逃窜，它们还有自知之明，知道自己并没有取得“合法的地位”。而最早来的这只小猫却泰然自若地把自己当成我家的一员了。它时不时地跑到我们的脚边喵喵地叫，时不时地想蹿进我们的屋子。但我们只想让它待在院子里，不想让它过多地影响我们的生活。它还学会了挑食，除了鱼之外，其他的食物都只是浅尝辄止。我怀疑，它是想把这些食物留给它的父母及兄弟姐妹们，于是，愈加觉得老猫的诡计之深了。

闲看落花，不如闲看小猫。它自个儿在我们家的院子里时，自得其乐。一片小树叶，它用爪子掏来掏去，翻来覆去把玩半天。有时，在阳光下翻滚着身子，不时四脚朝天。我们喜欢小猫，也许是因为在它的身上，能看到我们自己童年的影子吧。

这只小猫在我家过着养尊处优的生活，另外那三只小猫早就顺着树上下自如了，我家的小猫还没掌握爬树的本领。我担心长期下去，不要说抓老鼠了，它连独自生存的本领都会丧失吧。那么我就是害了它了。反过来我又想，也用不着杞人忧天，一只猫丧失独自生存的本领实在算不得什么，自有其他猫把它们的优良基因遗传下去。它愿意养尊处优就养尊处优吧，何况我家虽然不富裕，一只猫也还能供养得起。

我自觉对它不错。猫爱吃鱼，我就常买鱼给它吃。而且，我家吃鱼的次数也多了起来。即使某顿没有鱼，我们也尽量喂给它一些营养丰富的美食。水碗里的水一天至少换两次新鲜的，担心陈水它喝了会不卫生。有天傍晚，突降暴雨，我还担心猫舍密封得不严，暴雨会淋着它，冒雨在猫舍上方又蒙上一层宽宽的塑料布，覆盖了前后左右，不至于有雨顺着塑料布的缝隙渗进去。猫没淋着，我倒淋成落汤鸡一般。可我想，猫未必能记得我对它的好，“对人千恩，而施其一恶，人忘千恩，而记其一恶”。它在院子里拿我家的门帘当秋千，把门帘下方的吊珠弄得满院都是，我呵斥过它；也曾用一根小树枝，轻轻地抽过它的腿。在我的感觉里是轻轻的，在它的感觉里倒未必，也许是毒辣辣的；它要往我的屋子里跑，每一次我都毫不留情地把它赶到院子里；我还恫吓过它的父母及兄弟姐妹们多次……真是罄竹难书，如果真像科幻电影里那样，有一天猫掌控了世界，我的这些“恶”，也许都会成为控诉我的一条条的“罪证”，它没准还能发掘出许多我自己尚不曾意识到的“恶”。那么，我的境遇反而不如当初不收留它的好。这样想来，陡添几分心寒呢。

猫毕竟是会爬树的，我真的是杞人忧天了。这天，我下班回家，院子里还有两只小黑猫，一听院门响，小黑猫们飞快地蹿到树上。条件反射般的，我家的小花猫也往树上蹿，也许这是它的第一次，也许它的身体毕竟还没有强壮起来，它爬到树干约 1.5 米的高度时，就不敢往上爬了，时不时地扭头往树底看，战战兢兢地顺着树干退了下来。这一次爬树以失败告终。第二天傍晚，女儿在院子里惊呼，我们家的小猫已经学会爬树啦，爬得比屋脊还高啦。我从屋子里出来一看，小猫果然爬到了高过屋脊的树枝上，没想到它进步得这么快。

我更没有想到的是，头天晚上它学会了爬树的本领，第二天一早就离开了我家，不见了踪影。我已经把它当成我家的家庭成员了，它的不辞而别，让我的心里竟有几分失落，不由埋怨这个没有良心的家伙。女儿对它的突然离去也很不开心，说小猫真是个不知道感恩的动物。

这以后又过了两天，还是一个晚上，我们在屋子里听到院子里有动静，推门出来看，院子里来了四只小猫，见了我都飞快地蹿上树，三下两下就蹿过墙头，蹿在最后的大概是我家的那只小猫，它似乎在树干上略略停顿了一瞬，但只是一瞬，转眼就随着它的兄弟姐妹们蹿走了。畜生到底是畜生，不懂得人的情感。这一次从我们家逃离，它大概不会再回来了吧。

早晨清扫院子的时候，我都动了拆掉猫舍的念头，但心里还是迟疑了一下，想等几天再拆，似乎还有几分期许似的。又过了四天的样子。傍晚我接女儿回家，推开院门，就听见有“喵喵”的叫声，我第一时间就猜到是它又回来了，一看，果然是它，只是这回它没有顺着柿子树下来，而是蹲在墙头伸头缩颈地往院子里看，似乎想跳进来，院墙离地面有一米多高，它又缺乏跳下来的勇气，所以在墙头犹豫不决。我把它提溜了下来。发现出去流浪几天，它变得很憔悴，身体似乎更加羸弱了。女儿见它回来，也非常兴奋，给它准备了生鱼片。我给它准备了新鲜的水。它扑到生鱼片上，真似饿虎扑食一般。看这样子，大约流浪这些天，都没有吃到东西，“闯荡江湖”岂是一件容易的事。吃饱喝足之后，它钻进自己的窝里。我想，这只猫在经历过流浪生涯的不容易之后，回到我家感受生活得美如天堂，大概要收心了，不会离开我们家，永远成为我们家的一员了吧。

谁知，第二天早晨推门一看，它又没了踪影。唉！在我暗自神伤的时候，突然想，没准这又是老猫的诡计，我们要想让它永久地留下，除非收养它们全家。这个恶毒的老猫，让小猫一次次离去，激起我们难以割舍的情感。我可不能再上它的当。

小猫愿意走就走，愿意回来就回来吧。反正，我家也是它自由的天堂。

第三辑

边走边想

畲　望

文人有梦，晋人陶渊明于《桃花源记》中描写的景色，如种子一般，深深扎根在我心里。

你看那美景：“……缘溪行，忘路之远近。忽逢桃花林，夹岸数百步，中无杂树，芳草鲜美，落英缤纷，渔人甚异之。复前行，欲穷其林。”

这个夏天，我们逃似的离开了被雾霾和喧嚣笼罩的北京，去一个被众人描绘成桃花源似的地方。

从杭州萧山机场一路往西，是宫洞山脉的余脉，座座青翠欲滴的山迎面扑来，弥漫着南方的氤氲，而空气中，四处漂来青草和绿树的芳香。我们很兴奋，感叹“湖山信是东南美”，没有一点旅途劳顿的感觉。

浙南山多，车穿过一个隧道就像进入了另一方天地。一路不知穿过多少方天地，末了，又穿过一个长达10公里，叫“西周岭”的隧道，终于眼前一亮：景宁到了。

“林尽水源，便得一山，山有小口，仿佛若有光。便舍船，从口入。”当时的感觉，真的和陶渊明所描写的如此相像。过洞，只见碧蓝碧蓝的天空下面，青山环抱着一座精致的小城，仿佛真的进入了一个现代的世外桃源。

的确是世外桃源。

“男女衣着，悉如外人。”我看见街上行走的男人，大多穿着麻纺的衣服，靛蓝染就的，前襟扣着一排麻丝做的盘扣。如果不是领口和袖口饰有畲族彩带的图案，仅凭衣着，你会疑心自己是否走进了唐朝。女人头戴凤凰银饰，斜开襟的上衣，自然也是麻纺的，领颊处绣着淡雅的花。此地建筑也与别处不同，以蓝黑色调为主，房顶呈金字状，葱茏的绿树间露出黑色的屋瓦，古朴而清雅。尤其是流淌进县城的那条叫鹤溪的河，河上静静卧着的重檐翘角的木拱廊桥，直把人带进久远的如梦似幻的年代。

畲族——这是一个刀耕火种的民族，起源于潮州凤凰山，辗转迁移到这片土地生息，千百年来不知孕育了多少神奇的文化。

在郑坑乡，我们目睹了不可思议的“上刀山、下火海”。喧天的锣鼓声中，一位皮肤黝黑、四十岁左右、极瘦的男子，头戴着兽冠，身披着红裙，像古代的巫师一样围着竖立的刀梯且歌且舞，舞步极简，是游步舞，左旋三圈右旋三圈。而刀梯呢，通天的梯子上，一路上去，架着数十把锋利的砍刀，刀口是朝上的，露着寒光，三层楼的刀梯顶端有几面小旗，被风扯得四处逃去。突然，鼓点密集起来，牛角号更是呜呜有声，只见汉子赤裸着双脚，开始上刀梯，我几乎不敢目视，生怕那雪亮的刀刃，刺进他细细的脚掌，但他却像一只敏捷的猴子，在我装作拍摄观众的时候，已经噌噌地爬上了“刀山”的顶端……啊！不可思议的男人。

接着是“下火海”。七月正是热浪翻滚的季节，人站在晒场，阳光都无处可躲，偏偏晒场的中央，燃起了一大堆炭火。那炭火表面已经露白了，是灰黑的，里面却依旧熊熊如炉，热力往上，炭灰便随着风飘往天上。四周的人见此，都屏了气。我猜不出人赤脚怎么可能在这炽热的炭上行走。

但畲人却敢。七八个畲汉子戴着兽冠，穿着红裙，赤着脚在那堆耀眼的炭火上来回穿梭。直把我们这些闯入世外桃源的人看得目瞪口呆。

据说，畲族人“上刀山、下火海”带有一种宗教性质，为的是庆祝一年丰收并祈求来年风调雨顺的意思。

景宁是浙江的绿肺，一年有360天的空气质量为优。从北方来，我最喜欢这里秀美的山川和那纤尘不染的天空。“山上多栽杉与松，绿荫叠叠复重重。游人行向林间过，时觉山前雨意浓。”清人金磷叟的诗句道出了这里的“绿”与别处的不同，金磷叟的另一首山居诗也写得清丽脱俗：“首夏清和雨乍晴，山妆浓艳水流清。脱巾闲坐林边石，好鸟时闻三两声。”你看了这山，再读了这诗句，直想生活在大山深处，住进畲家的“寮”里，做个与世无争的人。

然而，生活在郑坑乡犁壁际村的小蓝却想走出大山的深处。他说从郑坑乡政府所在地到他的家，山路还得走两个小时，交通的不便让他苦恼万分，他决定改变命运，打算先去本省的义乌打工，看看外面的世界。从他的身上，我看到了自己少年时的影子。当年的我也是一个乡下娃。那时候，我不知道留恋蓝天白云，不知道留恋小桥流水，不知道留恋古槐翠竹，只向往都市的世界。我许多年的努力，都是为了奔向都市，为了在都市里有个家，为了做一个生活在都市里的人。当这些都已经实现了之后，蓦然回首，小时候的蓝天白云、小桥流水、古槐翠竹又在对我的心灵发出深情的召唤。于是我把每次离开北京，都称作一次逃离。人生的戏剧上演了，难道说我的戏剧已经经历了高潮？小蓝还年轻，他的人生大戏才经历开场的仪式。也许终有一天，他也会像我一样，仍然会留恋起这里的风声和蝉鸣。人哪，有时候翻过来覆过去想想，就是一个折腾的命！

说说景宁的大均吧。这是一座三面临水的文化古镇。过去，大均出了不少的秀才、举人、进士。如今的古镇还是那个古镇：大树参天，古朴安宁，只是多了畲族婚嫁的表演。当然，以前也是有的，只是真实的不可能天天看到，于是有了表演。

我和同行一位兄弟受邀作为“赤郎”参加婚礼。起初我以为，“赤郎”大概就是“伴郎”的意思，等真正当上了，才知道与我想象的伴郎是不一样的。迎亲的途中，“新郎”和“娘舅”喜滋滋地闲走，我们两位“赤郎”却成了挑夫，挑着一担聘礼去闯一道道难关。这是一个喜爱山歌和饮酒的民族，婚礼的难关也由对歌或罚酒组成。由于既无美妙的歌喉，又无敏捷的才思，我们两位“赤郎”只好接受罚酒闯关。这一程，不知喝了多少杯酒，才助“新郎”抱得美人归。

体验了畲族别样的风情，愈发让我们感觉到这个世外桃源的不同。

景宁位于浙南大山的深处，我们来时经过的那条高速公路未修通前，这里的交通是非常闭塞的。一九二九年，也是一个夏天，当时有个同济大学的教授，是一个叫史图博的德国人，从上海坐船到温州，从温州经云和到这里，一路过来竟花了一个月的时间。

到了景宁，史图博就在蓝村长的那所房子里住了六天。他的学生李化民来到这里搜集查证，忠实详尽地记录当时畲民的生活起居，撰写了“献给浙江的民族学”——《浙江景宁县敕木山畲民调查记》一书。

我没有看到这本书，但我来到了敕木山，来到了当年史图博住过的房子。这个房子还在，木结构的房子傍山而建，山泉流到厨房里，顺着木楼梯走到二层的尽头，木墙木窗木地板的一间就是史图博住过的。

关于《浙江景宁县敕木山畲民调查记》，据邀请我们来的畲族作家山哈先生说，这本书对景宁畲民的民族渊源、服饰饮食、农耕生产、身体特征、民族性格、婚丧风俗、图腾祭祀、宗教生活、语言民谣等都做了详尽记述，并留下十分珍贵的照片，是研究畲民族的重要文献。

望着简陋的居所、高高的山居，我心里感叹，一个德国人，是什么力量驱使着他来到这偏僻的山村。

我永远忘不了那个夏天，从敕木山上蓝村长家往下走的情景：蜿蜒

花肉，香糯不腻、入口即化、回味生津。

掌握了做山粉圆子的诀窍后，我就常常在家中卖弄这技术。有一回，我在厨房卖弄，调糊、切肉、剥蒜、切葱……邻居胡姐来找我爱人聊天，时候不早了，胡姐起身告辞。我的山粉圆子恰好烧制成功，清香溢到客厅，胡姐挪不开步子了，吸着鼻子打听这香气的由来。正是吃饭的时间，我说："留下吃饭吧。"胡姐还客气，说："唉哟，我可在减肥，晚饭只吃一根黄瓜一个苹果的。"临了，一盘山粉圆子被她一个人吃了半盘，不好意思地擦着嘴笑着说："能品尝到如此美味，管他减肥成功不成功呢，撑就撑一回吧。"

许多朋友品尝到我做的山粉圆子后，都对我家乡的美味羡慕不已，纷纷做出将来要去一游的决定。

我家乡还有一种风味小吃，叫米面。这米面和前面说的蒿子粑的米面可不是一回事，蒿子粑的米面指的是米粉做的粑面，而我现在说的米面，是用米浆蒸制成面条，类似于云南的米线，吃起来却比云南米线劲道，味道也有许多细处的不同。这米面只有在我的家乡桐城才能买到、品尝到，到了省城合肥，超市里虽然也有卖米面的，吃起来却不是我家乡的味道了。

记得有一年，我母亲煮米面时，佐入了湖里刚捕捞上来的、身长不盈一寸、通体透明的小银鱼。我吃过后，那份清香、那份鲜美，至今只要一回味，仍令人垂涎欲滴。

家乡的味道啊，就是那浓浓的乡愁，久久地、久久地弥漫在游子的心头。

1．文章开头写家乡的朋友在微信里晒蒿子粑，看似不经

意，您觉得有何用意？

2．体会下面句子中“卖弄”一词，并理解句子的含义。

掌握了做山粉圆子的诀窍后，我就常常在家中卖弄这技术。

3．文章中写到，邻居胡姐起身告辞时又留下来一事，是否多余？

4．如果将文章的题目改成“家乡的美食”，你觉得如何？请说说您的理由。

参考答案：

1．文章开头写朋友晒蒿子粑的图片，一是引出下文关于家乡美食的回忆，二是隐含了自己离乡三十年对家乡不曾淡去的思念和乡愁。

2．“卖弄”一词名贬实褒，在这里有开心地展示、得意地制作的意思，作者制作家乡美食山粉圆子的技艺并不易掌握，学会之后特别欣喜，且能够制作如此美味的家乡美食山粉圆子给家人和朋友品尝，内心骄傲又满足。

3．不多余。一是侧面烘托了山粉圆子制作的香气足，味道好；二是邻居胡姐为了品尝美味而放弃减肥，这一插曲幽默轻松，增加了文章可读性。

4．我觉得不好。文章虽然写到了家乡的蒿子粑、山粉圆子、米面几种美食，但并不单单介绍食物特点、制作方法等，而是在对美食的回忆和制作中融入了对家乡的赞美和对家乡的深深想念，通过美食写家乡的味道，并且渗透了浓浓的思乡之情。

家中贴有劝学诗

父亲已经离开我十三年了，这十三年里我也常常想起要写一些纪念他的文字。可每次总怕触及内心的疼痛，所以一直没有动笔。

我的父亲年轻时应该是一位俊朗潇洒的男子，他到六十五岁去世之前，身材依然挺拔，依然清瘦，从来就没有长过“将军肚”。父亲爱好古典诗词，有很深的古文功底，谈吐儒雅，待人真诚。假如他这辈子能够成为大学的老师，一定会获得无数学子的崇拜和爱戴。然而，父亲只是一位农民，一位爱读书的农民。

农闲的时候，或者农忙的间隙，他便找来一本书，沉浸到书的意境中去。父亲没有别的爱好，唯一的爱好就是读书。读书是他生命的一部分。我们家有个书箱，大约只有一米高，半米宽，里面码放着几摞线装书，有《诗经》《千家诗》《唐诗三百首》，还有几本线装书的名字我忘了。书是很旧的，仿佛在这书箱里已经放了几百年，打开书箱就弥漫出一股霉味。所以，天气晴好的时候，父亲会把书箱里的书拿出来晒一下，晒书的景观是我家独有的，别的人家不会有，当然，这是我小的时候。后来，村庄里读书的人家也多了起来。

父亲小时候上过两年还是三年私塾就辍学了，因为家境贫寒，他又是长子，要支撑门户。他天性喜欢读书，虽然辍学了，书却没有离手，日积月累，所以古文功底深厚，成了方圆几里都知道的“文化人”，村庄里有什么“文化”上的事就由父亲操办

或跟父亲商量。有“文化人”的旨趣，却只能做个农民，一辈子面朝黄土背朝天，父亲也有不甘心的时候，他思考自己的命运，慨叹小时候家境不好，自己也没能赶上好的时光，不然读书考学出去，做一个真正的“文化人”应当不在话下。

“去年已被秋风误，无端岂肯误春风。”在他的身上，传统的思想根深蒂固。“家有黄金万两，不如书香一卷。”他渴望我们姐弟好好读书，将来做个“文化人”，实现他未曾实现的梦。

我家老屋的堂屋上，曾贴着一首老掉牙的劝学诗：“三更灯火五更鸡，正是男儿发奋时。黑发不知勤学早，白头反悔读书迟”。这是父亲委托一位毛笔字写得好的表叔写的。表叔写这幅字的时候，大约是在某一年的春节前后，我也在场。当时表叔还笑着说，有人把他写的繁体字“鸡”误读成“鹅”，读成“三更灯火五更鹅”了。表叔在乡村小学当老师，他和我父亲志趣相投，常常是父亲去他家，或他来我家。两人在一起聊古文，聊古代的文人趣事，常常能聊一宿不睡觉。现在，表叔也去世了。在那个世界，父亲一定不会寂寞了吧。

我很小的时候，便深深地受父亲的影响，捧起那些线装书，父亲也教我学识繁体字，学“关关雎鸠，在河之洲”，也学《唐诗三百首》。

这些平平仄仄的东西，曾经那样地深入我的骨髓，曾经那样地纠缠过我，一个在唐诗宋词里浸泡得久了的男儿就变得容易凭花落泪、多情敏感起来。

可是，后来的一段时间里，我却觉得父亲教给我的那些东西是那么不合时宜，那么迂腐。那大概是在二十世纪九十年代中期，“以经济建设为中心”已经深入人心。想起父亲所谓的“文

化人”，我满脑子里摇摇晃晃的全是孔乙己的形象。那时候，初出茅庐的我，正试图从书卷中走出来，要扎到商海里，成为一名令人羡慕的儒商。

但父亲教给我的，毕竟已经深深地刻进我的骨里了，“文化人”“生意人”，我实在难以两全。

那年的深秋，我在大连，感觉挣扎得累了。因为一种机缘，走进了大连理工大学的校园。静悄悄的夜，我一个人听叶落沙沙的声响，看幢幢教学楼窗口明亮的灯光，老家堂屋上那首老掉牙的劝学诗突然闪现在脑海中。那一刻，我想，我还年轻，我也一样有金色的年华呀，我也要读大工的硕士、博士，去圆父亲“文化人”的梦。

那时，父亲还健在。我感觉自己身上突然涌现出一种与生俱来的渴求，感到父亲的目光正穿越千山万水向我投来，投到我的脊背上，使我再无理由退缩。

细细想起来，这种与生俱来的渴求是源于父亲和他的书的。父亲去世后，我又一次打开了他的书箱，以为那几摞线装书是善本藏书。我重新翻检，发现都是极普通的书，印刷的时间也不长，多是民国时期的，现在大概都收在老家后来盖的新居里。而表叔题写的那首劝学诗，随着老屋的拆除，没有保存下来，去了它最终要去的地方。

1．文中说，“父亲只是一位农民，一位爱读书的农民”，作者为什么要在文中特别点出作者的身份？

2．文中的父亲是一位怎样的人？请结合全文概括说明。

3．在后来的一段时间里，“我觉得父亲教给我的那些东西

是那么不合时宜”，对于这一点，你怎么看？

4．作者为什么要去继续深造，请说一说作者这样选择的理由？

参考答案：

1．在作者眼里，父亲不是读书人的身份，要操持农活，但却仍然喜欢读书，保持着“文化人”的旨趣，这就显得格外难得。特别点出作者的身份，强调父亲“爱读书”，既表现出作者能体会到父亲的不容易，也显得对父亲格外的敬重。

2．父亲是一位令人尊重的热爱读书的农民。父亲家境贫寒，读书被中断，但天性喜欢读书，对书籍极为爱护；父亲谈吐儒雅，待人真诚，有文化人的旨趣；父亲重视读书的家风，贴劝学诗，教子有方，潜移默化。

3．父亲的教育根本、朴素、善良、传统，并非父亲所教的东西不合时宜，而是时代的变化、现实环境的浮躁，让这些文化人恪守的信条不能很好地施展开来，这也是作者经商遇到挫折时候的一种遗憾。

4．父亲的教育已经深深根植在作者心中，在“文化人”“生意人”难以两全的时候，作者选择做一个文化人；继续攻读硕士、博士，也是为了去圆父亲“文化人”的梦；家中贴的那首劝学诗，已经深深影响了作者，对学问的追求是作者内心里与生俱来的渴求。

亦刚亦柔秦直道

圣诞节的前一天，我站在鄂尔多斯市秦直道纪念馆前。这一天，风并不大，倒吹得纪念馆城墙上的彩旗猎猎作响，坡上的枯草左右摇晃。日暮时分，极目远望，不见人家，唯见漠漠四野，沟壑纵横。友人指点前方一段山脊，其直如矢，说它就是秦直道的遗址。昏黄苍茫中，我的眼前就有旌旗乱卷起来，就有战马嘶鸣起来，就有马蹄声杂沓而过，就有战车席卷而过……

这是怎样的一条道路啊，早在2000多年前，它就有30多米宽，而我国第一条高速公路——沪昆高速公路的宽度也只有45米。仅从这条路上，我们就能看出秦王嬴政“包举宇内，并吞八荒”的雄心。史载，秦始皇统一六国后，命大将蒙恬率师督军，役使30万军民，一面镇守边关，一面修筑军事要道。“三十五年（前212），除道，道九原，抵云阳，堑山堙谷，直通之。”《史记·秦始皇本纪》中的这条“军事要道”，就是我眼前的这一条“秦直道”，自然，现在这条路，已被淹没在岁月的尘埃中。

秦始皇为什么要修这样的一条路呢？我翻遍史书。许多人说他是为了快速反击和抵御北方匈奴民族的侵扰。可我觉得这只是其中一个理由，虽然这个理由是那么的冠冕堂皇。秦王嬴政也是人自然就有一份猎奇的心理，自然就想到自己从未去过走一走。《史记·蒙恬列传》也记载：“始皇欲游天下，道九原，直抵甘泉。”当然，帝王出门旅游和我们凡夫俗子不一样地旅游，即使不能给这个地方带来一点好处，甚至

劳民伤财，但凡夫俗子和帝王本人都深信他的到来，是降恩泽于一方人民。所以帝王到某地旅游，不能说他像凡夫俗子一样到某地“转转”，而要用“驾幸”“临幸”或“出巡”这样的词。

我还觉得“欲游天下”的秦始皇，四处转转，可能还有另外一层意思。对于我们凡夫俗子来说，自己家有几本存折，一年之中，哪怕没有用钱的地方，这存折也要检点几番。自己家有几块珍藏，一年之中，有事没事的时候，也要拿它出来摩挲几番。“普天之下，莫非王土；率土之滨，莫非王臣。”难不成富有四海的帝王还不如凡夫俗子，连自家的财产都不能检点一番？我这么推测是有几分道理的，因为在秦始皇的强权统治下，北方的匈奴民族早已噤若寒蝉，贾谊的《过秦论》说，“胡人不敢南下而牧马，士不敢弯弓而报怨”。

但天下实在太大，而帝王的寿命并不比我们凡夫俗子的长，有的甚至更短。秦始皇只活了 49 岁，他本人就死在“到处转转”的途中。由他创建并欲传之千秋万代的大秦王朝，很快便“一夫作难而七庙堕，身死人手，为天下笑”。

秦自孝公启用商鞅变法，始强于诸国，又经过六代君王的求贤若渴、礼贤下士、衣宵食旰，才打下了一片厚实的疆土，到秦始皇手上“奋六世之余烈，振长策而御宇内”，才六合归一。然而大秦王朝的极盛之时，又是它快速衰亡之际，这真是“盛而衰，否极泰来”。所以，依我来看，这个秦始皇，倒不么太有作为，脾气也别那么刚烈，使出不温不火的性子山会传得更久远些。

与短命的秦王朝相比，秦直道的影响可要后两千多年的风雨征程中，我眼前的这条路

上演啊，或壮怀激烈，或清丽芳婉……让把天下作为自己私有财产的皇帝做梦也想不到的是，他苦心经营的一切，最终只不过是替别人做了件嫁衣裳。

我眼前的这条路上，就有汉朝的旌旗飘过，就有唐朝李世民横戈跃马飞过。在宋朝，党项人李继迁在这条路上经过十几年的征战，成为西夏帝国的真正奠基者……

我眼前的这条路上，还行走过两位美丽的女子。一位是王昭君，昭君出塞，远嫁匈奴，从长安出发，经秦直道北行。至今秦直道沿线的内蒙古境内还有昭君墓，沿途还有许多关于昭君的美丽传说。一位是蔡文姬，东汉末年，蔡文姬在战乱中为南匈奴所俘，后嫁匈奴右贤王为阏氏，走的就是秦直道。后来蔡文姬思乡心切，12 年后，曹操派使者往接蔡文姬，蔡文姬离别丈夫、子女，又沿着这条路返回中原……

这两位女子使得这条充满阳刚、苍茫而又大气的秦直道变得柔媚和凄美起来。因为这两个女子，我对这条路的感觉就好比刚读完岳飞的“三十功名尘与土，八千里路云和月。莫等闲，白了少年头，空悲切……”（《满江红》），又读到他的“昨夜寒蛩不住鸣，惊回千里梦，已三更。起来独自绕阶行，人悄悄，帘外月胧明……”（《小重山》），壮怀激烈和惆怅凄切，在一个人身上统一得这么和谐一样。

圣诞节的前一天，如果你也像我一样，站到鄂尔多斯市秦直道纪念馆前，看远处的山川起伏，像大海的波涛，像你的心潮在起伏。你就会有一种苍茫的感觉，而风又裹挟着厚重的历史扑面而来。若你的身边又有知己如兰，那一刻，你真想祈求神，让时光停留在这一刻。

1. 作者笔下的“秦直道”有何特点？

2. 秦始皇为什么修“秦直道”，作者对此如何认识？蕴含了作者怎样的感情态度？

3. 如何理解“让把天下作为自己私有财产的皇帝做梦也想不到的是，他苦心经营的一切，最终只不过是替别人做了件嫁衣裳。”这句话的内涵？

4. 作者开头写道：“昏黄苍茫中，我的眼前就有旌旗乱卷起来，就有战马嘶鸣起来，就有马蹄声杂沓而过，就有战车席卷而过……”说说这样写的好处。

5. 如何正确理解文题“亦刚亦柔秦直道”？请结合文本内容，进行探究。

参考答案：

1. “秦直道”的特点：昔日直而宽，如今被岁月侵蚀；蕴含着厚重的历史故事；阳刚大气中蕴含着柔媚与凄美。

2. 作者认为，秦始皇修“秦直道”是为了快速反击和抵御北方匈奴民族的侵扰。还有一个原因是，秦始皇把天下当作自家的财产，修直道是为了出游、检点财产方便。作者做出这样的结论是对秦“强权”的嘲讽与蔑视。

3. 秦始皇花费了很大力气修建秦直道，但并没有使自己以及子孙后代充分享受山河之壮美；他本人只活了49周岁，他创建并欲传之千秋万代的大秦王朝也很快灭亡；秦直道与短命的秦王朝相比，影响要远得多，在这条路上上演了不少历史剧。作者委婉批评了秦始皇的贪婪与无耻，揭露了统治者的愚昧与可笑。

4. 作者用了联想与排比的手法，生动地描述出了“秦直道”曾经

的古老与辉煌，为下文浮想联翩做好了铺垫。

5．“刚”指的是秦直道的“苍茫、大气、阳刚”，与将士们征战的故事有关；“柔”指的是秦直道的柔媚和凄美，与王昭君和蔡文姬的故事有关。作者由秦直道也想到了治国的道理，治国理当刚柔相济，不温不火。

太姥山的心思

太姥山在福建省福鼎市境内。从八方来的游客没有一个不为这山的容颜倾倒，没有一个不赞叹这山峰之险峻、山石之雄奇、洞穴之幽深……

他们读着山上前人的诗刻：“太姥无俗石，个个似神功；随人意所识，万象在胸中；上天有穹洞，入地多幽窿；胜景无穷致，游人思来重。”他们大概都觉得这诗写出了自己眼前的景、心中的情。他们个个惊叹，这大自然的鬼斧神工。

这么一座有着“海上仙都”之美称的太姥山啊，她究竟是怎么形成的？

为什么这座美丽的山出现在此处而没有出现在彼处？为什么找不到另外一座比她更美丽、比她更独具风韵的山？

我猜想，一定是在洪荒的时代，一定是在一个怀春的季节。那时候的太姥山还潜藏在这片大地的下面。不！这片大地的下面也没有一座山，没有山的雏形。这一片大地，我且把她称作地母吧。春天，他用浩荡的风吹醒了地母的眼；夏天，他用火热的阳

光爱抚着地母的脸；秋天，他用细小的雨点润泽着地母的心田；冬天，他用绵绵的白雪装饰着地母的梦……他是这一方天空。

渐渐地，地母喜欢上了这里的天空，渐渐地，喜欢变成了喜爱，地母的喜爱不可救药。而天空却不解风情，对地母的心思一无所知，日复一日，年复一年……天空只是一丝不苟地履行着他四时的职责。

地母的心思要经历过几番煎熬啊，有喜、有悲、有怒、有怨、有希望、有失落……然而，情商低下的天空仍是一无所知。天命有常，四季轮回，天空年复一年地将阳光和雨雪赐给地母。

地母的心思千回百转，已经汇聚成一股滚热的岩浆了，已经到了再也无法抑制的地步，越抑制越翻滚得厉害，越要冲天而起。于是，这一天，当春天的第一声雷响过，再也无法忍受情思煎熬的地母，把自己的心冉冉地捧了出来。

于是，天空为之震惊，为之动容！天空化作万千的柔情。他用奇花异草装扮着她美丽的容颜，用缥缈的云雾点缀着她的衣饰；他让蔚蓝的大海与她相伴，让最勤劳的人们做她的子民。上亿年过去了，沧海桑田，然而，太姥山与蓝天的奇缘不改。蔚蓝的大海依然与她相伴，最勤劳的子民依然生生不息，不信，你去看，在太姥山的南麓，瑞云畲族民族乡比以往任何时候都更加生机勃勃。

你们今天来到太姥山，惊叹这山石的嵯峨、峰的诡异、谷的清秀、洞的幽深。你们看“夫妻峰”两石相偎，“九鲤朝天石”如九条鲤鱼飞跃上天，你们只会感叹造化的神奇，你们不知道这些曾经都是太姥山的心思。

太姥山的心思，只为青天打开。我来到太姥山，迷恋着这

里的一切：一块巨石、一棵大树、一条小溪、一棵小草、一朵花儿，但我是一个凡人，我无法猜透太姥山现在的心思。譬如，我来到这里，我是一个受她欢迎的人，还是一个遭她厌弃的人？

因为我迷恋她，所以，我要在意她的心思。可是，我却只能试探她的心思，小心翼翼地。

我来的这天，群峰静默无言，但云雾却在山峰间缠绵；杜鹃花刚刚凋零，但紫藤花却开得正艳。山间的绿雪芽茶苍翠欲滴，我采一片送入口中，至今口齿留香。那么，太姥山，我是一个受你欢迎的人了。可是，你清溪间的娃娃鱼，一见我的影，为什么要仓皇逃走啊……我始终猜不透你的心思。

有人说，太姥山的心思应该是那明月，从山洼间冉冉升起，在深蓝色的夜空中晶莹剔透。然而，我来的这天夜晚，偏偏雨雾蒙蒙，青天似乎有意要让我看不见太姥山上的月，猜不透太姥山的心思。

1. 作者笔下的“太姥山”有何特点？

2. 太姥山是怎么形成的？作者如何认识？蕴含了作者怎样的感情态度？

3. 如何理解“这么一座有着‘海上仙都’之美称的太姥山啊，她究竟是怎么形成的？”这一句话在全文中的作用？

4. 赏析句子“春天，他用浩荡的风吹醒了地母的眼；夏天，他用火热的阳光爱抚着地母的脸；秋天，他用细小的雨点润泽着地母的心田；冬天，他用绵绵的白雪装饰着地母的梦……他是这一方天空。”说说其中的妙处。

5. 如何正确理解文题“太姥山的心思”？请结合文本内容，

进行探究。

参考答案：

1．“太姥山”的特点：山峰险峻，山石雄奇，洞穴幽深；蕴含着丰富的人文典故；景色变幻异常，神秘莫测，被称为“海上仙都”。

2．太姥山的形成是大自然的鬼斧神工。作者认为这是地母与天空爱的结晶，反映出作者诗人般的情怀，丰富的想象，独特的视角，表现出作者对“太姥山”的喜爱。

3．这是一个过渡段，起着承上启下的作用，为下文展开丰富想象，揭示太姥山的形成做好了铺垫。

4．作者用了拟人与排比的手法，生动地描述出了天空对地母无微不至的爱，也为下文地母对天空的爱做好了铺垫。

5．太姥山的心思，只为青天打开；太姥山的心思，只有懂它的人才能明白；太姥山的心思，无法捉摸。

守望稻田

岳父迄今引以为豪的有两件事。一件是，二十七年前，他作为黑龙江省水利系统的干部在人民大会堂开过会，受到曾在黑龙江工作的时任水利部部长做客家中的邀请，那位部长叫杨振怀，是杨振宁的弟弟。说起这件往事的时候，岳父的脸上飘来一朵红云，红云映射得他脸上每一个笑的纹路里都盛满了激动，仿佛他正在人民大会堂里开会，正在水利部部长家中做客。

我第一次听他说这件自豪事的时候，是2005年的夏天。岳父穿着长筒胶靴的两只脚分别站在稻田两行禾苗的中间。这时候，他的身份已经是农民，因为犯了“超生”的错误。也许再过若干年，“超生”成不了错误。但我爱人的那些弟弟妹妹们“生不逢时”，让岳父站到了稻田里。

父母恩、夫妻情、儿女债。儿女债缠身的岳父，经历了两年的彷徨后，又毅然辞去镇工办主任的头衔，在乌苏里江边开垦了千亩荒地。从农民家庭走出去，又回来重操旧业。岳父的道理简单却靠谱：农民有了土地，心中不慌，儿女债才可以慢慢偿还。

2005年的那个夏天，乌苏里江畔凉爽宜人，空气中弥漫的是泥土的芳香。新开垦出来的土地，在岳父手里，已经变成了稻田。乌苏里江边的稻子从种植到收割需要近五个月的时间。岳父每天走在他亲手修筑的田埂上，精心观察着稻子的生长情况，眼里满是怜爱，仿佛这些稻子也是他的子女。有时候他的神情很陶醉，仿佛听到了稻子生长的声音。

土地黑得流油，不用施一点化肥。稻田里的水，也是天上落下来的雨水。岳父在他的稻田中间打了一口水井，雨水少的季节，甘甜的井水通过水泵涌出来，欢呼雀跃地奔向稻田。这井水不但稻子爱喝，人也爱喝。清甜、一尘不染，无一丝杂质。饭桌上刚吃完红烧肉，端起一瓢凉水咕咚咕咚灌下去，一点事没有，你压根儿不用担心腹腔轰鸣要马上提着裤子往厕所奔。奶奶喝了十年这水，九十五岁时，无病无灾地仙去。

我和爱人觉得这样健康、无污染的水如果做成矿泉水销售，一定很受消费者的欢迎。那个夏天，我们还真起了这个念头，也摩拳擦掌的，颇有大干一场的架势，但回到北京，各有一摊事，忙起来了，这水的事就丢到爪哇国里了。另外，去岳父家一趟实在是太不容易了。现在有了鸡西机场，坐飞机到鸡西，还得坐五六个小时的汽车到虎林，再从虎林到乌苏里江边，要花两个小时。如果不坐飞机，从北京坐火车，一个单程大约需要两天一夜的时间，这水再好，咋运出来啊？

然而，就是从那么偏远的地方——中俄边界一个叫虎头的小镇，有个女孩一步一个脚印地走了出来。读大学时，她在数九寒冬却没有暖气的屋子里坚持读书，手冻成发面馒头一般也没有察觉。后来，她走到北京读完了博士，在协和医学院工作，现在美国康奈尔大学做访问学者。一路走来，她记住的是父亲的话，一分耕耘必然有一分收获。这个女孩是岳父的大女儿，这成了岳父引以为豪的第二件事。这也成了我引以为豪的一件事，这成了我的爱人。岳父其实话不多，十年的稻田耕耘，让他变成地道的农民，岳父有他作为农民的信条，他不喜欢花言巧语。我话也少，和他比较投缘。

隔了许多年没回岳父那片稻田看看了，前几天本来已经订好了往返的票，因为种种原因却未能成行。但那片稻田的模样时常出现在我的脑海里，我和爱人曾为那片稻田取了一个“罗湖农场”的名字。“罗”是岳父的姓，“湖”其实是一个小池塘。谈恋爱的时候，听她把那小水沟描绘成波光潋滟的样子，这小池塘就在我的脑海里泛滥成“湖”了。

稻田的旁边也没有湖，倒有一条河流过，流经“罗湖农场”的这段叫黑鱼泡子。从这名字上，就可以看到它的野趣了。泡子大约有四五十米宽，长度不详，是乌苏里江的支流。夏天的荷叶

和蒲草在河的两岸恣意生长，荷叶长得齐腰深，蒲草高过人头。河里的鱼，都是野生的，用“罗湖农场”挖来的蚯蚓做钓饵，抛下去立刻就有鱼儿上钩，摘鱼放饵，让你忙个不停。城市周边养殖的鱼，可没这么容易上钩，一条条鬼精着呢。

前两天，岳父发来他的稻田的照片。稻子还没抽穗，稻苗青绿绿地铺到天边，稻田上方的天空澄澈如镜，几朵洁白的云似轻纱在曼舞；有天鹅优美、高傲地飞过稻田。看着这照片，一时间我也产生了如庄子那样的恍惚，不知究竟是这天空倒映了澄澈的乌苏里江水、岳父的稻田，还是乌苏里江水、岳父的稻田倒映着这澄澈的天空。

而岳父的稻苗虽然朴实，却株株蓬勃，健康而又有灵性地生长在这片纯净的天和地之间。有嘉禾如斯，我觉得这该是他引以为豪的第三件事吧。

1．下列对这篇文章思想内容与艺术特色的分析和鉴赏，最恰当的一项是（　　）

A．文章一共记叙了两件岳父引以为豪的事。一件是27年前在人民大会堂开过会并受邀水利部部长家中做客，一件是10年前开始在乌苏里江江畔垦荒种稻。

B．作者以女婿崇敬的口吻，不动声色地讲述着岳父的个性人生，让人体会到一种人性之美，而且以第一人称讲述故事，比第三人称显得更为真实亲切。

C．文章不仅直接描写了岳父的神态、语言和心理，而且通过“我”与爱人对“农场”的回忆以及对农场环境物产的描写，把人物形象烘托得更丰满。

D．庄周梦蝶的典故出自《庄子·齐物论》，文中化用这一典故，实则是借用庄子浪漫的想象力和美妙的文笔，印证了人不可能确切区分真实与虚幻和生死物化的观点。

2．“我”的岳父是一个怎样的形象？请作简要分析。

3．请结合全文，分析标题“守望稻田”的内涵。

参考答案：

1．B。（文中说“我觉得这该是他引以为豪的第二件事吧”，所以这是“我”的一种推测。故A项不对。文章没有对岳父的“语言”“心理”进行直接描写。故C项不对。末句文中无体现，属于无中生有，拔高解读。故D项不对。）

2．①朴实：回忆往事时激情流露，不喜花言巧语。②热爱自然，不系心于名利；辞去官职，开垦荒地；对待稻田犹如对待子女。③勤劳：亲手修筑田埂，在稻田中打水井；坚持十年如一日的稻田耕耘。

3．①“守望稻田”本意是指兽王乌苏里江江畔的稻田。②也指岳父在十年守望稻田的过程中，皈依了自己淳朴慈祥的本性，从而表达了作者对岳父的崇敬和想念。③启迪我们在这个物欲横流的世俗世界中，能够拥有清醒的认识，安于本心的纯明、温良，保持一种纯朴、简单的人生及那一种快乐、自然的生活，守望我们的精神家园。

兔　趣

①春天的时候，女儿走到养兔人的笼子前就不肯挪步了。

我们只好把这只小白兔买了回来。它是那么的小，小得只有一只大耗子那么大，但很活泼，在笼子中一刻也不闲着。女儿喜欢它红红的眼睛和长长的耳朵，喜欢它短短的尾巴，喜欢它每一个细微的动作。

② 女儿管小白兔叫妹妹，自己当起了它的姐姐。晚上，躺在被窝里，她惦记放在院子里笼中的兔妹妹会不会冷；早上吃面包喝牛奶，她要拿一片面包、一杯牛奶喂她的兔妹妹。当她得知兔妹妹不喜欢吃面包，不喜欢喝牛奶后，就常常拿着新鲜的菜叶喂给兔妹妹吃。那些天，她和她的兔妹妹打得火热，有事没事总是跑到兔笼边。女儿从她的兔妹妹身上，得到不少成长的乐趣。

③ 女儿上幼儿园了，喂养小白兔的任务就落到了我的肩上。不养鱼不知鱼之乐，不养兔不知兔之趣。饲养的过程中，我才得到许多养兔的乐趣。

④ 我只给兔子喂新鲜的萝卜和菜叶，不曾购买过一次商家精心调配的兔粮。在菜叶中，我发现兔子最喜欢吃的是地瓜叶和莴笋叶。兔子的嘴很刁，有了地瓜叶或莴笋叶便不吃白菜叶，有了白菜叶便不啃白菜帮子。靠着各种菜叶和萝卜，我家的小白兔的日子也过得滋润得很，一天天长大，身体也一天天肥硕起来。到了夏天的时候，原来的兔笼已经显得狭促。我们在院子的一角为它换了只大笼子，让它住进了宽敞的房子。大笼子是邻居送的，原来是邻居养狗用的。而我家的小白兔真长成小狗崽那么大了，浑身圆鼓鼓的，一色的白毛，纤尘不染。

⑤ 兔子智商也不低，我是它的“衣食父母”，它懂得找我索求。每天我下班回家，它见了我，身子直立起来，两只前腿搭到笼子的铁丝上，嘴巴从笼缝中探出来，它虽然不会叫喊，但两只

腿把笼子扒拉得摇摇晃晃，鼻翼一张一合的。我知道它是饿了，忙往笼子里扔进一些菜叶或萝卜。被需要的感觉，挺好。

⑥ 只要我在家，天气又晴好，我就把它从笼子里放出来，让它在院子里撒欢，我可不想让它丧失了奔跑的天性。它像个好奇心十足的儿童，对院子里的一切都感兴趣。墙角有两只空花盆，它跳进去跳出来，里里外外嗅个遍；偶尔追逐着飞舞的蝴蝶，向东跑去突然又折向西；时不时把前腿搭到院墙上，有翻到墙外的意思，可惜院墙不低，它只好垂头丧气地又缩到墙角。

⑦ 院子里有棵柿子树，柿子树下有只案子，是平时养花用的。秋天，院子里结了一树火红的果子。秋末，摘柿子时，有不少柿子从树上掉下来。坏了品相的柿子，就把它们晒到案子上，让它们变成柿饼，等来年春暖花开的时候，好品尝我们自制的美食。

⑧ 这案子约有八十厘米高，我把兔子从笼中放出来的时候，压根儿就没想过它能跳上去，就转身进屋了。过了大约一个小时，我从屋子里出来，发现兔子跳上了案子，正津津有味地在享用我晾晒的柿饼。见我出来，它只是略略抬抬了头，又心安理得地享用了，真是自家人用不着一点客套。我辛辛苦苦晾晒的柿饼，就这样成了它的美食。它慢慢地享用，一直享用到这个春暖花开的季节。

⑨ 能跳上这个案子，全靠它的后腿弹跳力。第一次发现它偷享我的美食，我赶它下来。它仓皇触地时，不小心碰断了一颗牙齿。从此，为了美食，它敢跳上案子，却不敢从案子上跳下来。每次都是我把它从案子上提溜下去。

⑩ 有一次，我起了玩心，想把它从案子上诱惑下来。我放了一把它最爱吃的莴笋叶在案子的旁边便躲进屋子里，从窗户后

面偷窥它的举动。莴笋叶对它的吸引力果然很大。它躁动起来，在案子上走来走去，寻找着最佳的起跳点，寻来寻去，跃跃欲试了好多回，最终还是内心的胆怯战胜了眼前的诱惑，退缩到桌子的一角，心无杂念地清理起自己的毛来。

⑪ 有一天我把它放到院子里，就外出办事了。等我从外面回来，夕阳余晖在院子里悄悄移动。它竖着两只长长的耳朵，静静地坐在已经没有了柿饼的案子上，静静地等我回来，仿佛已经等我几十年了……我不能不把它当成我家的一员了。

⑫ 现在，女儿给她的兔妹妹取了个名字，叫“由由”。

⑬ 愿“由由”在我们家，能够得到它一生的快乐吧。

1. 文中的小白兔有哪些特点，请简要概括。

2. 文章第 ③ 自然段在文中起什么作用？

3. 作者把小白兔当成自己家的一员表现在哪些地方？

4. 全文围绕“兔趣”来写，写了养兔带给自己一家人的哪些乐趣？

参考答案：

1. 小白兔的特点：活泼，一刻也不闲着；智商不低，懂得找主人索求，会权衡利弊拒绝诱惑；嘴很刁，最喜欢吃的是地瓜叶和莴笋叶，有了地瓜叶或莴笋叶便不吃白菜叶，有了白菜叶便不啃白菜帮；好奇心十足，对院子里的一切都感兴趣。

2. 文章第三自然段是过渡段，起承上启下的作用，上文写的是女儿买兔养兔的乐趣，交代因为女儿上幼儿园，喂养小白兔的任务就落到了我的肩上，自然过渡到写自己养兔的乐趣。

3．女儿管小白兔叫妹妹，自己当起了它的姐姐，给她的兔妹妹取了个名字，叫“由由”；放任小白兔尽情地享用自己辛辛苦苦晾晒的柿饼；外出办事回家，感觉小白兔在静静地等我回来，仿佛已经等我几十年了。

4．女儿通过照顾小白兔儿，得到不少成长的乐趣；我在悉心喂食小白兔的过程中，感受到被人需要的感觉，激发起了童心；在放养兔子的过程中得到人生启发，面对诱惑，要理智对待，要懂得拒绝诱惑；在和小白兔的相处陪伴中，体会到了亲人般的温暖。

寂寞的百望山

雪后的第三天，是个多云的天气。北京的上空，太阳像在和谁玩着捉迷藏的游戏，一会儿藏在某片云的背后，一会儿又露出了脸。可这天，太阳的脸是阴郁的，似乎不开心的样子，没有往日里灿烂的感觉。

雪后的第三天，有点风，却不大。风吹到人的脸上有点冷，可也没有冷到刺骨。我在居处附近的园子里散步，不经意间抬头，看见附近的百望山上依然白雪皑皑的，记起了“岭上晴云披絮帽”的句子，突然就有了要进山看看冬天的百望山的冲动。

也许是我来得不是时候吧，下午四点钟的光景，山门前已冷寂无人。进山后，发现山路上的积雪已经被人清扫干净了，但没有清理走，都堆在路的两旁，雪堆约有两尺来高的样子。若不是山风寒冷，我在山道上行走，真疑心是走进了秋日里江南的棉

田，或者疑心是天上的白云飘落到了人间。雪后的第三天，路旁一些树木的枝桠上虽然还留着残雪，但只有那么一点点，露出黑色的树枝，已不能给人以玉树琼花的感觉了。

山道寂静得很，只有我一个人。记得在其他季节里，这山道是无比热闹的。春天万木复苏，夏天百花竞放，秋天红叶绚烂，引得北京城里的许多人从四面八方奔过来，成群结队地往山上跑，又成群结队地下山去，一路欢声笑语伴着林子里鸟儿清脆的啼鸣，经久不能停息。可现在的山道上，我没有听见人声，我只听见了自己的心跳和我孤独的脚步声。不，也有鸟鸣，从林子里传出，显得婉转而悠长。还有“飒飒”的几声轻响，那是山风掠过竹梢，吹落梢头积雪的声音。

山道旁的一丛翠竹，几天前一定个个秀气挺拔得宛如血气方刚的小伙子。可现在有积雪堆压在竹枝上，让它们个个在雪后第三天依然像一群弯腰驼背的老人。积雪为什么这么偏爱它们呢，一定是因为厚实的竹叶充当了积雪的温床，积雪压在它们身上好几天了，它们当然是个个不能甘心哪！山风掠过竹梢，它们就轻摇起身子，便有梢头的积雪抖落了，有几竿竹就一点点、一点点地直起腰来。这“飒飒”的几声积雪落地的轻响，愈显出这山的寂静来。

热闹的百望山，是我亲眼所见；寂寞的百望山，也是我亲眼所见。同样的空间，只是时间不同，便发生如此大的变化。一个人在寂静的山道上行走，突然痴痴地想问，那么这座山的本来面目究竟是热闹的还是寂寞的呢？莫非一座山也像具有多重性格的人一样？热闹的时候是真的，寂寞的时候也是真的。

别说这山的性格了，就是这山上积雪的性格也是多重的

呢！向阳的一面山坡上，积雪已经融化一些了，可是背阴的地方，积雪依然残存着，没有一丝要融化的意思，透露着一股顽固劲儿。

百望山热闹的时候，我来看过她。当时那么多的人到山中来，我是一个既非奔逸绝尘，又非丰姿华美的世俗男子，她一定不会在意我的到来，不曾留意过我。可现在，是她寂寞的时候。她寂寞的时候，许许多多热热闹闹的人都不见了，只有我走过来默默地陪伴着她，欣赏着她，她该留神我的到来，把我视为她的知己了吧。

我不喜欢王国维的说法："以我观物，故物皆着我之色彩。"如果按照这一说法，我观百望山，便少一分我与她惺惺相惜的情致了。我喜欢王国维的另一句话："以物观物，故不知何者为我，何者为物。"

1．作者在雪后第三天进百望山，在山道上行走时都听到了哪些声音？

2．文章题目是"寂寞的百望山"，文中写百望山热闹的文字可以删去吗？为什么？

3．作者为什么说自己不喜欢王国维的"以我观物，故物皆着我之色彩"？请根据文意作答。

参考答案：

1．从林子里传出的婉转而悠长的鸟鸣；山风掠过竹梢，吹落梢头积雪的"飒飒"的几声轻响；听见了自己的心跳和孤独的脚步声。

2．文中写百望山热闹的文字不可以删去。因为“寂寞”和“热闹”是相对的，正是有了百望山春、夏、秋的热闹，才衬托出了百望山冬天雪后的寂寞。这样写为后文的议论张本、作铺垫，表达了作者的一个观点，山也像人一样具有多重性格，热闹是真的，寂寞也是真的。

3．①王国维的“以我观物，故物皆着我之色彩”，是把百望山当作了没有感情的客观物体，而作者更愿意把百望山当作和自己一样有着情感的平等的人。②我和百望山，是惺惺相惜的。③百望山寂寞的时候，我走过来默默地陪伴着她，欣赏着她，她留神我的到来，把我引为她的知己了。

濯水古镇的那块碑

濯水古镇不大，不过是沿江的一条街，街形顺着江岸，弯弯曲曲的，绵延一公里长的样子。铺设街道的青石板，被久远的岁月打磨得油亮光滑。我们来的这天上午，行人稀少，秋阳尽情地倾洒到街面上，那石板便闪着一种温润如玉的光泽，让人遐思。街两旁古色古香的二层小楼，多是木制的。吊脚楼在临江的一边，另一边以四合院为主。那些经历了百年风雨洗礼的老字号“茂生园”“宜宾栈”“光顺号”“烟房钱庄”等商铺门前大红灯笼高挂，只是，销售的不再是当年的商品，顾客寥寥。

一百多年前的这里，断然不会如此冷清。不然，徽墨制造商詹信安一家不会从徽州千里辗转来此。一百多年前，像这个秋阳高照的日子，这街上必然是人声鼎沸的。行人摩肩接踵，大人

紧紧拉着孩子的手，生怕一不留神孩子被挤丢在人海里。谁家运货的伙计浑身热气腾腾，一边声嘶力竭地喊着“借光，借光”，一边从人群的缝隙中闪出来，趔趄着把一箱货物卸到一家店铺的柜台前。而店铺里的客人，也像潮水一般，一波涌进来了，一波涌出去了，又一波涌进来了。真是财源滚滚！拖着长辫的老板，慈眉善目的，连连对着进出的顾客拱手作揖，那笑起的嘴角快要扯到耳根。

一百多年前，吊脚楼边的那条江，也不会像今天这样空茫，江上见不到一只帆影。秋阳高照的那个白天，江边密麻麻地挤满了船，人声喧哗激荡得江水也鼎沸起来。一些船在这个叫作濯水的码头装满了货物，航船激起的浪花，让轻仓的船左右摇晃。于是，浪花便和着人声一直流到水的尽头。这些满载蚕丝、桐油、茶或者漆的船，一路远行，最终停泊的港湾，或许叫上海，或许叫宁波，或许叫厦门……而另外一些船则从那些码头满载着新奇的洋货，日夜兼程地向濯水的码头驶来……

在那个以水路为主要运输通道的年代，濯水有幸，有一条静静流淌的阿蓬江。阿蓬江的水，托起了小镇的繁荣。

一百多年前的这里，一定还有一块碑，这块碑并非立在青石板的街头，而是立在濯水人以及所有来过濯水的人的口中。这块碑写的是“天理良心”，写的是“诚”和“信”。不然，徽墨制造商詹信安一家不会来到这里，来到这里了，也待不住，还要辗转他乡。

“徽商不呆家，经商走四方”，当年抱着“走四方”思想的詹氏家族，他们多像一粒粒卷在风中的种子啊。那阵风从徽州婺源卷起来，一路翻山越岭。后来那阵风止了，一粒种子落到濯水

这片土壤里，这粒种子能否生根？能否发芽？能否生长？詹信安的心一定也经历过忐忑不安、彷徨观望，后来渐渐得心应手、踌躇满志。

日月如梭，当年载着詹家过来的那条船来了又走了，走了又来了，那条船没有丝毫改变。身边阿蓬江的水一路向西，流了一年又一年，没有丝毫改变。但詹信安改变了，他学会了吃辣椒，一碗辣子面吃得额上热汗淋漓，而不再像初来时，一点辣子就让他直吐舌头，嘶嘶地吸气。而且詹信安已经把徽墨生产打造成了一条产业链。这条产业链包括桐籽收购、榨油、烟墨生产、徽墨加工和销售。当年，在这条青石板街上，他把香料、珍珠粉等材料加入墨中，研制出了“八宝药墨”，产品热销阿蓬江两岸，而且从濯水码头出发，一直走到东瀛。詹信安的这粒种子在濯水这块土壤上长成了一棵枝叶繁茂的大树。

那些年的冷清只属于这条街的夜晚。夜晚的詹信安背着手踱在这冷清中，彼时，天上月朗星稀，青石板上足音跫然。听着自己低沉而有力的足音，他的脑子却渐渐火热起来。富裕起来的詹信安决定与当地望族汪氏联手，成立烟房钱庄。汪氏提供宅院作为不动产，三进两厢三天井，位于这条街的中心地带。

现在的这条街上，烟房钱庄还在，黛瓦、粉壁、马头墙，让我这个安徽人从心底生出一种亲切感。我疑心这钱庄是詹信安后来对汪氏宅院重建或翻新而成。这一栋徽派建筑矗立在一街的土家风格建筑中，没有一点不协调，倒给人一种异彩纷呈的感觉。

当年烟房钱庄的资金完全由詹氏提供，詹信安是钱庄的投资人。钱庄除办理存款、贷款业务外，还发行钱票。詹信安印制

的钱票可了不得，据说因其构图精美、文字秀丽、制作精细，已经成为今天钱币爱好者的最爱，在钱币收藏界名头很响。

提到烟房，容易让人误会成那些年流布在中国大地上的鸦片馆。实际上，詹信安的烟房不是瘾君子活动的场所，而是制作徽墨的车间。一屋的架子上布满注入桐油的碗，灯草吸着桐油慢慢燃烧，油碗上方再反吊一烟碗，使油烟在碗内积成烟墨。詹氏烟房制作的烟墨不仅是远近闻名的文房四宝之一，当地人还把它作为染料，染制土家织锦“西兰卡普”的线和黑色的土布。那些年，詹氏的烟房和钱庄都是财源滚滚，詹信安这棵枝叶繁茂的大树在濯水的土壤里继续生长，枝叶葳蕤，有直插云霄之势。

深谙儒家之道的徽商詹信安在事业如日中天时，不忘时时回首从前这粒种子在这块土壤里如何吸收养分、不断成长的。他回首时看到了这块土壤里最重要的养分，其实是“信”和“诚”两个字。作为徽商，这两个字原本就流淌在他的血脉里，但濯水这块土壤让这两个字滋生出丰厚的营养。这两个字衍生开来，意义无穷。对于经商的人来说，商人虽然以盈利为目的，但在盈利之上，还有一个“义”字，在“义”和“利”面前，要以“义”为先，重“义”轻“利”。“义”字并不空泛，落到具体行为上，有“信”和“诚”作为支撑，要重承诺，要崇信誉。对于顾客来说，也要想到经商者的不容易，为人处世要讲“天理良心”，那么就不会有“仇富”心理。濯水古镇风清气正。

“成以勤，节以俭，看檐翘廊回，珍藏两字传家宝；立于信，行于诚，任客来商往，通用一篇致富经。”当年的烟房钱庄对联犹在，这副对联既成为一把检验詹氏经商为人的尺子，也成为濯水商人秤杆上的一粒准星。

这粒准星就是一块碑，被人们口口相传。所以，当年的这条街上会涌现出这么多的百年老字号。那个秋阳高照的白天，阳光倾洒不到这条青石板街上，因为街上的行人熙熙攘攘、脚步杂沓。

那么，这块碑一定不是街头的这块。街头的这块“天理良心”碑，原本和这条街无关。这块碑立于清光绪十四年（1888），当年的村民王明芳赠送自家的土地给附近的灵应寺，立碑是为了彰显村民此举是凭天理和良心。现在，人们为了打造旅游景观的需要，把这块碑从附近移到这里。

不知怎么的，走在这条青石板古街上，我竟觉得这块碑是詹信安立的，是当年这条街上的店铺老板和街头的摊贩乃至行人一起立的。或者说，是因为他们灵魂的共同呼唤，这块碑立到了它原本就该在的地方。这个秋阳高照的上午，阳光让这块石板碑像美玉一样熠熠生辉，它让整个古镇都温润生动起来。它无声却庄严地告诉人们：己所不欲，勿施于人，做买卖也好，为人处世也罢，不管面对的是竞争对手，还是合作伙伴，都要凭着“天理良心”行事。

脚步声杂沓，古人已像潮水一样远去。随着水运地位的消失，阿蓬江也沉寂下来。它像一个世故的老人，把往昔的繁华隐藏到自己的水波里，不肯泛出只言片语。这个秋日的上午，我们行走在这条古老的街上，我们和那些远去的人们同处在一个空间里，只是时间已是不同。隔着久远的时光，我们能看见他们生动的身影，能听见他们喧哗的市声。

澄江如练，阿蓬江的水缓缓西流。面对这么一条倒流的江水，不由让人想起苏轼的那首词：“谁道人生无再少？门前流水

尚能西！休将白发唱黄鸡。”

然而，纵然时光可以倒流，天理良心不可倒转！

1．文章题为“濯水古镇的那块碑”，为什么开头却花大量笔墨写濯水古镇百年老字号的繁华和街上、江上的喧闹鼎沸？

2．文中为什么详细写詹信安？詹信安经商取得巨大成功的根本原因是什么？

3．根据文意，“濯水古镇的那块碑”有哪几层意思？

参考答案：

1．① 因为正是有了立在濯水以及所有濯水人心中的那块碑，有了“天理良心”、“诚”和“信”的信条准则，才有了百年老字号的繁华和街上、江上的喧闹鼎沸。

② 先写结果再写原因，引发读者的阅读兴趣，吸引读者急于往下读，去探求原因。

2．詹信安是徽商的代表人物，具有典型性；詹信安经商取得巨大成功的根本原因是在盈利之上，还有一个“义”字，在“义”和“利”面前，要以“义”为先，重“义”轻“利”。“义”字并不空泛，落到具体行为上，有“信”和“诚”作为支撑，要重承诺，要崇信誉。

3．文中“濯水古镇的那块碑”的表层意思是指立于濯水古镇街头的“天理良心”碑。“濯水古镇的那块碑”更深的含义是一种经商做人的准则、信条：是濯水人以及所有来过濯水的人信奉的“天理良心”、“诚”和“信”；是“成以勤，节以俭，看檐翘廊回，珍藏两字传家宝，立于信，行于诚，任客来商往，通用一篇致富经”；是“己所不欲，勿施于人”，要将人心比自己，凭着“天理良心”行事。

提高现代文阅读和写作成绩的金钥匙

俞胜作品
阅读试题详析详解

家乡的味道

农历三月三的那天，我家乡的朋友在微信里晒蒿子粑，烙熟后的蒿子粑像一只只圆圆的月饼，烤得浅黄的米面上点缀着青绿的蒿叶。看着这图片，似乎米面的清香和青蒿的香味正向我阵阵袭来。心里猛然一惊，离开家乡三十年，三十年里竟然一次也没有尝过蒿子粑的味道，可是它的味道在我的记忆里深刻着呢，似乎从来不曾消减。

在我的家乡，三月三吃蒿子粑，就跟端午节吃粽子、中秋节吃月饼一样，是自古沿袭下来的习俗。

三月三那天，在田间地头鲜美的青草间，找到那些点点散布着的香蒿，采回来，洗净，用开水焯一下去苦味，与米面一起

拌匀，做成月饼状下锅烙熟。烙好的蒿子粑外脆内软，细而不糯，咬一口，青蒿的味道就萦绕在齿间久久不去，烙印在记忆中三十年。

这些年，也曾动过三月三那天做一回蒿子粑的念头，可是在北方，不知道哪个郊外能寻找到那散发着药草一样清香的肥嫩鲜蒿，只好屡屡作罢。

由于蒿子粑在北方不能做，我也从来没有做过，不知真要做的时候，自己能不能做成功。但家乡的另一道菜——山粉圆子，现在的我烹制起来可谓得心应手。

在我的家乡，人们把红薯叫作山芋，山粉就是红薯的淀粉。在秋天，人们把成熟的红薯洗净了，磨碎、取汁、晾干，得到红薯的淀粉。城市的超市里买不到，我春节回乡探亲的时候，亲友殷勤相赠，家乡的山粉才跟着我来到了北方。

做山粉圆子这道菜，首先要取适量的山粉加水调成糊状。锅中注入少量油加热，防止粘锅的意思。油热即把调好的山粉糊倒入锅中，用筷子不停地搅动、糊下，用铲子翻成烙饼，烙好了的饼色泽呈半透明胶状，无白色夹心。这是做好山粉圆子这道菜的一个核心步骤。

我一开始却掌握不好这烙饼的功夫，常常弄得外面糊了，而里面的山粉还是白色。后来，灵机一动，把山粉经过简单的翻烙之后，取到案上切成块，再放入锅中加水煮熟，煮熟后的山粉块成了一个个晶莹剔透的山粉团。捞出去水，置入盘中。取适量五花肉，煎炒七分熟时，把盘中的山粉团倒进去，先后加酱油、蒜瓣，至汤汁变稠时，撒上葱花，一盘色泽金黄、清香四溢的山粉圆子就做好了。品品那圆子，软而不糯、甘美如饴；品品那五

的青石小径，路旁是清澈的溪流，就像好客的主人舍不得我们离开似的，一路缠绵着跟我们来到村口。小溪注入村口的河中，河底是光洁的鹅卵石，水缓缓地在石上流，像一缕柔情轻轻拂过我的心头。石径旁的梯田里，早稻已经收割了，留下一片片黄灿灿的稻茬，而不远处，古老的水车在转动，廊桥静卧在碧波之上……

回望蓝村长的家，只见一朵洁白的云盘桓在山巅，离山那么近，我疑心如果自己站到山顶，挥挥手就能带走一片云彩。我们一行人直看得呆了。

山哈兄是位勇于担当的作家，他以弘扬本民族的优秀文化为己任。他常常离开他生活的城市——杭州，来到这里潜心创作畲族题材的作品。创作之余，他还努力在当地的敕木山上修建了一个作家创作基地。我们在这座宅子里一边清谈，一边品着禅心佛语的惠明茶，一边听着山风飒飒、溪流潺潺、蝉鸣阵阵……不少人竟起了要在这里终老此生的念头。

杭州南山结缘记

杭州郊外有一个叫作“瓶窑”的古镇，这个名字和山西的古镇“平遥”，音同字不同，一南一北，却都是古镇，巧合如斯，很容易让人产生联想。

瓶窑镇有一座山叫“南山”。当然，这“南山”不是陶渊明“采菊东篱下，悠然见南山”中的“南山”。说来也怪，普天下的山，被称作“南山”的有许多座，不管是有名气的，还是没名气的，是山色秀美些的，还是山色平常些的，我只要一听是“南山”，便觉得这山里流转着一种空灵，飘逸着一种闲适，就想到这山里来走走。

同行的文友山哈说，瓶窑的南山可大有来头，山上有十三座元代以来的江南摩崖石佛造像群，因为名气不大，还少有人知。

我一听，一颗心便无限向往起来，似乎要去的，不是一座山，而是去见一位多年不见的友人。

南山不高，有新修不久的石阶，藤萝修竹掩映其间。山哈先生说，上次他来南山，不见石阶，登山寻的是山间小道，下次再来，也许南山要收门票了吧。那么，南山就不再是养在“深闺”里的山了。行走间，忽见一座佛像浮雕，雕刻在一处峭壁上，佛像线条流畅、造型优美，仿佛能工巧匠一气呵成。这峭壁不是天然形成的，而是因南宋时期的石匠们取石，一锤一凿凿出来的。据史料记载，取下来的石材，被运往杭州建造城内的宫苑和道路桥梁了。元代僧徒在曾经采石留下的峭壁上，命工匠凿出浅龛，镌刻浮雕造像，东西延绵有三百余米。

越往山上走，峭壁越多，浮雕也越多。浮雕以佛像为主，偶有道士的雕像。

我在山上走着，看着这些峭壁，仿佛看到了千年之前那些石匠们，为了养家糊口或发家致富，或许也有人为了改换门庭或供养子弟读书……他们起早贪黑，在南山挥汗如雨的情景，一锤又一锤，一凿又一凿，叮叮当当声不绝于耳。那汇聚在一起的锤凿声，该是何等的恢宏和震撼人心啊！

这些凿痕现在还在。我从这一道道的痕迹中，看出的竟是一缕缕饱含希冀的目光，从千年之前而来。如今，锤凿声已失，而青山依旧。一时之间，想尘寰中芸芸众生之多艰，不由怆然涕下。

据说，南山的香火曾盛于杭州的灵隐寺。我认为这个说法不太靠谱。因为如果南山香火更旺，那又怎会凿石运往彼处而破坏此地的风水呢？不过也有可能是兴建之处的灵隐寺香火并不旺。

南山的香火最旺的时间大概是元代。南山之下古有大普宁寺，是宋徽宗大观年间，孔子第五十二世孙孔清觉募建，清觉自立宗派，开创佛教“白云宗”。到了元代，南山大普宁寺已成为佛教“白云宗”的中心。

但现在南山的香火已经断了许多年。如今，这些瓦砾自然也荡然无存。

现在，又有人发掘出南山的美来。南山不但修好了登山的石阶，雕有佛像的峭壁前还加了保护游人的护栏。据说有关南山的开发，后面还有大的手笔：南山要和良渚古城遗址、北湖草荡风光、径山、鸬鸟、百丈等地众多风景名胜联成一体，打造成杭州另一处知名的风景名胜区。那时也许会再现南山当年香火鼎盛的场面，游人纷至沓来，那么我再来南山时，这南山已不是今日我所见的南山了吧。

今日我见的南山，游人寥寥，鸟鸣更幽。登高望北湖草荡，颇有几分宝石山望西湖的意境。最难得的是与知己两三人，独享这无边的风月。我不由得感叹，来杭州者众，知瓶窑者少，知瓶窑南山者更少。从北京来的张实先生和我何其有幸，在这个冬日得以结缘南山。

归时，有一对热恋中的青年男女携手往山上走来。归途，有芦花寂寥，白鹭翔集。

淮水东南第一州

千里淮河发源于河南桐柏山，流经河南、安徽北部、江苏北部，在给两岸人民带来许多福祉的同时，也时有洪水肆虐，给百姓带来无穷的灾难。淮河水一路奔腾，至此地，水流稍缓。古时候，浙江、江西、福建等地的人，都是到此地下船登陆，换乘马车，由此向北，而北方人也是在此地弃车马坐船南下。南来北往，舟车相揖，人民祈求淮水安澜，此地故名“淮安”。

历史上的淮安曾鼎盛一时，是当时全国的漕运枢纽、盐运中心，驻有漕运总督府。唐时白居易来淮安，留下了“淮水东南第一州，山围雉堞月当楼”的佳句。明清时，淮安与苏州、杭州、扬州并称为运河沿线的“四大都市”，有“运河之都”的美称。

我们来淮安时，是四月的一个清晨，城市也刚刚在晨曦中苏醒过来，蓝天白云、绿草秀木、街道整洁、惠风和畅……淮安，像一幅秀美的画卷，在我们的眼前次第展开。

河下古镇 浓缩了的繁华

历史上，淮安的繁华也带来了人文荟萃的局面。明清两朝，仅山阳（今淮安区）一县就有进士两百余人，河下镇还出了状元、榜眼、探花，留下“河下三鼎甲”的佳话。

河下镇历代皆有名人：秦汉时有军事家韩信、文学家枚乘、枚皋父子，唐代有诗人赵嘏，宋代有抗金巾帼英雄梁红玉，明代有文学家吴承恩、抗倭状元沈坤，清代有朴学大师阎若璩、考据学者吴玉、名翰林程晋芳、温病医学家吴鞠通、数学家骆腾凤、长篇弹词《笔生花》作者邱心如、围棋国手梁魏今、道光皇帝的老师汪廷珍等。

此时，我脚下的这片土地就是河下古镇。一片古色古香的建筑，留住的是前朝的时光。河下，位于古邗沟入淮处的古末口。据说当年的河下镇有 108 条街巷、44 座桥梁、102 处园林、63 座牌坊、55 座祠庙。明清时代，这里富商的豪宅甲第连云，与扬州盐商的园林相媲美。现在保存的这些，只是曾经河下古镇的一部分。据说，河下的每一条街巷、每一座桥梁，都有着丰富的传说故事。只不过这些故事只说给能静下心来在河下慢慢看、细细品的人听，而不属于我们这些步履匆匆的过客。我们来此抚今追昔，只能感叹时空的变迁、岁月的无情。

忽然，有慷慨激昂的唱腔传来。原来，此处是一座新修的戏台。戏台上的老者举手投足皆有章法。他唱得专注，唱的大约是淮海戏，因为吐字圆润、粗犷、豪放，一个字一个字像节日的礼花一般，冲上天空，又在半空中绽放开来。此地也很流行淮剧，据说唱腔要比淮海戏柔情得多。

沿着河下的石板街往下走，这条街叫“花街”，是当年 108 条街巷中的一条。这里大概是当年的男子寻欢作乐之地，而今多改为商铺。

在“花街”行走，捕捉河下的古风古韵。不经意间抬头，“文楼”两字赫然在目，引得作为文化人的我们进去一探究竟。推开院门，院子里并没有人出来“笑问客从何处来”，我们且随意地欣赏好了。现在的“文楼”其实是个酒楼，上下两层。一层的院落里有两根立柱，东面的柱子上写有“小大姐 上河下 坐北朝南吃东西”的上联，西面的立柱上至今尚空缺下联。原来这其中还有一段佳话。据传，乾隆皇帝南巡时途经河下，闻小楼“赌食”文化颇为独特，遂引大学士纪晓岚亲临小楼。不料，君臣二人却被一位小姑娘随口说出的上联给难倒了。小姑娘的上联便留在如今东面的立柱上。乾隆皇帝和大学士纪晓岚皆百思不得，只得败下阵来，愿赌服输，买单请客，后赐小楼名为“文楼”。文楼自此名声大噪，文人墨客争相往顾，而小姑娘所出的上联，数百年来竟无人能对。也有人勉强对之，但词句多俚俗不堪。我们望着这上联，纷纷搜肠刮肚起来，然后纷纷摇头，自嘲着出了“文楼”的门。“文楼”的对联，在中国文人的心中拧成了一个难以解开的结。

现在，老街上的游人并不多，商业也不算繁华。有几位老街上的老街坊正凑在一起玩上几把。不知他们之中，可有河下古镇名贤的后人？清风朗月，他们心中可也偶尔会生起博一番功名的豪情？这些，我们无从知道。我们能看见的就是这几位老街坊这样怡然自得地沐浴在祖先的荣光里。

街心的小狗对我们的到来熟视无睹，都不肯抬眼皮瞧我们一下，就这么看透世事般地悠闲地卧在地上，似“又得浮生半日闲”。

出河下古镇，我们去参观中国漕运博物馆。漕运博物馆的对面是漕运总督部院遗址，曾经威仪赫赫的总督衙门，如今变得荒草萋萋了。自从清朝海运兴起，运河的显赫地位已不复存在。从 1855 年黄河北徙起，运河的北上运输能力已基本消失，以至废止漕运，淮安的繁华便逐渐消退了。这座总督衙门的废墟，见证着淮安这座曾因水而兴起的城市，又怎样成了因水而衰落的城市。保留着这样的遗址，而不是修复或遮盖它，我觉得恰恰体现了今天的淮安人敢于正视自身历史之痛的勇气。

梁红玉　千秋令誉仰淮孺

其实，一进河下古镇，我就看见了梁红玉像。这座汉白玉雕像通高十二米，无声地诉说着梁红玉亲执桴鼓抗金的故事。

梁红玉（1102—1135），宋朝著名的抗金女英雄。建炎三年（1129），御营统制苗傅作乱，梁红玉一夜奔驰数百里召韩世忠入卫平叛，被朝廷封为安国夫人和护国夫人，后多次随夫出征。在建炎四年（1130）长江阻击战中，梁红玉亲执桴鼓，和韩世忠共同指挥作战，将入侵的金军阻击在长江南岸达四十八天之久，从此名震天下。之后，她独领一军与韩世忠转战各地，多次击败金军。演义小说里，“杨门女将”的故事脍炙人口。我忽然想，也许“杨门女将”的故事并非虚构，在抗辽抗金的战场上，像梁红玉这样独领一军作战的女将也许并不鲜见。梁红玉的出现，让寒光闪闪的刀戈映射出美丽的亮色。

绍兴五年（1135），梁红玉随夫出镇楚州，“披荆棘以立军府，与士卒同力役，亲织蒲以为屋”。当年农历八月二十六遭到金军围攻，梁红玉力尽伤重落马而死，终年三十三岁。金人感其忠勇，将其遗体示众后送回，朝廷闻讯大加吊唁。1151 年，韩世忠病逝。夫妇合葬于苏州灵岩山下。

在中国历史上，杰出女性的事迹能够流传下来的不多，梁红玉能够青史留名，又是朝廷正式任命的大将，确实罕见。此地人杰地灵，梁红玉是河下古镇的骄傲，家乡人民不但立了她的塑像，还建有她的祠堂。

梁红玉的祠堂不大，但布局紧凑，像是读书人的宅院。庭院清幽典雅，遍植松柏花木。整个建筑古色古香。正殿神台上置有高 1.7 米的梁红玉戎装佩剑塑像，神采飘逸，英姿飒爽。塑像两侧为当代昆明书法家杨修品所书的对联——“也是红妆翠袖　然而青史丹心”。

两旁擎柱上挂着一副长达 54 字的泥金对联：青眼识英雄，寒素何嫌，忆当年北虏鸱张，桴鼓亲操，半壁河山延宋祚；红颜摧大敌，须眉有愧，看此日东风浩荡，崇祠重整，千秋令誉仰淮壖。这副对联，讲梁红玉寒微时得遇韩世忠，青眼识英雄，遂以身相许，建功立业，创下了不朽的业绩。一个女子所成就的人生高度，也让我们这些须眉汗颜。

来梁红玉祠堂后，我才知道，这位巾帼英雄的原籍还是安徽池州呢！如此说来，我与她还是安徽老乡。一时之间，桑梓之情油然而生。

明祖陵　绕不开的安徽情结

当地人向我们介绍明祖陵在淮安市盱眙县时，我一时颇感意外。因为在我的脑海里，安徽凤阳才是朱元璋祖宗的埋骨所，难道说淮安人在抢我们安徽的旅游资源不成？实地一游，方知自己的孤陋寡闻。原来安徽凤阳的叫“明皇陵”，埋葬的是朱元璋父母及兄嫂、侄儿的遗骨。而盱眙的“明祖陵”是朱元璋高祖、曾祖、祖父的衣冠冢。朱元璋建立明朝后，追尊其高祖朱百六为玄皇帝，曾祖朱四九为恒皇帝，祖父朱初一为裕皇帝，并于洪武十九年（1386）修建祖陵，至永乐十一年（1413）祖陵全部建成。明朝时，盱眙也是安徽凤阳府的辖地。说白了，我的误解原来都是此地隶属变迁造成的。像庄子的故里，现在安徽蒙城，蒙城春秋时属“宋国”。史书上说庄子是“宋国蒙人”。而宋国大体在今天河南省一带，所以，有不少一知半解的人，认为庄子的故里在今天的河南。

据史料记载，明祖陵原有殿庶、金门、玉桥、厨库、井亭、宰牲所、拜斋、宿直房、铺舍、碑亭、仪从等，栽植柏树万株，神道全长 250 多米，两侧立望柱二对，石像十九对，并有祭田 149 顷，规模宏大，气势不凡。清康熙十九年（1680）黄河夺汴入淮，古泗州城（盱眙境内）遭灭顶之灾，明祖陵也一起被吞没于湖水之中。

然而斗转星移，白云苍狗，到二十世纪七八十年代，淹没古泗州城的湖水水位降低，有人发现了湖水中的石刻。有关部门立刻意识到这是明祖陵的旧址，于是筑堤三千米，把陵墓从湖水中隔出，使沉没湖中三百余载的文物瑰宝重见天日。三百多年前，湖水淹没明皇室祖先的陵寝，对于明皇室后裔来说，是一件多么痛心疾首的事啊。我们这个民族，把祖先的陵寝看得如天一般大。挖谁祖坟，那是有不共戴天之仇的。三百多年前，湖水淹没明皇室祖先的陵寝时，他们的子孙只能在悲戚之余，望湖兴叹，或者把这一切都归为天意。

来到明祖陵，我们首先见到的是这些庞大的石刻，雄踞在长长的神道两侧。这些闭口沉默的石狮子和以往您见到的扭头张口的石狮子造型不一样，这是因为什么呢？闭口沉默，据说是因为帝王已经安息，即使贵为百兽之王的狮子到此地也得噤声。

淮安　一座诞生神话和传奇的城市

如今的淮安正在悄然崛起，淮安正在全力加快推进“构筑大交通、培育大产业、发展大流通、开发大旅游”（“五大建设”）的宏伟战略构想，要把淮安建设成苏北重要的中心城市。而撬动淮安经济社会快速发展的一个重要支撑点就是旅游业。谈到淮安旅游业的发展，淮安的主政者侃侃而谈：“我们淮安文化资源丰富，有以周恩来总理为代表的清明文化、以《西游记》为代表的创新文化、以大运河为代表的开放文化。我们淮安有‘五名’：名人、名书、名菜、名湖、名品。淮安是全国四大名菜之一淮扬菜的发源地，开国第一宴用的就是淮扬菜。淮安还是一座漂浮在水上的城市，四水穿城，京杭大运河、洪泽湖、淮河等大河大湖都在境内……老天爷对淮安这片土地情有独钟，厚爱有加，赋予了这里

‘一身名牌’，我们就是要利用好这些名牌，打好文化牌、生态牌，使淮安成为令人向往的旅游目的地。”

淮安百岁以上的老人有很多，是因为生态环境好了，老百姓的寿命就会延长。这让我想起在梁红玉祠堂的一幕：一位老者正在认真地抄写祠堂的对联，我们同行一位老师问老者高寿，老者说，“我才 82 岁呢”。老者的言外之意是，我岁数又不大，你怎么问我“高寿”呢！

在谈到具体工作时，淮安的主政者妙语如珠，他说：“环境是发展的战略资源，生态是最宝贵的财富。淮安在全力补上‘经济发展课’。同时，坚决走好‘生态文明路’，始终以‘三看’，即看天空蓝不蓝、流水清不清、老百姓的口袋鼓不鼓，作为检验发展的标准。”

淮安现在的美景俯拾即是，日进斗金的洪泽湖、庄严的周恩来总理故居、古朴典雅的吴承恩故居、“一人得道，鸡犬升天”典故的出处、“胯下之辱”“漂母乞食”等故事的发源地……围绕这些旅游资源大力开发旅游，淮安采取了一系列有力的举措加以推进。

然而，对于我们一行来说，由于时间的原因，淮安还有许多美景来不及光顾，只得留待下次再来欣赏了。

我们离开淮安的时候，也是一个清晨。晨曦中，淡淡的雾从古老的运河上飘起来，悄悄地飘在街道上，飘在秀木绿草上，飘到早起人的身上，城市便笼罩上了一层梦幻般的色彩。

淮安，是一座诞生神话和传奇的城市。

回到呀诺达，回到前世的家园

我想，我的前世一定和这片雨林有关。不然，何以解释我的到来，使雨林中的众鸟如此欣喜万分？它们或数鸟对唱，或独自引吭高歌，或众声和鸣，伴随着缤纷的花朵、婆娑的树影，为我演唱着一支支天籁之音。又何以解释我一夜香甜无梦？早晨，我在鸟儿的清歌婉转声中自然醒来。推开窗户，我看到椰林那端，白云正悄无声息地流淌在澄碧的空中。

呀诺达，我惊骇于你的热情，迷惑于你的神秘，眩晕于你的美丽，我喜欢那首诗上的文字——“我枯木般的心 / 回到阳春三月 / 长出双子之叶 / 爱情 / 如地衣一般 / 迅速铺满整个七月……”。

而我，再也不是来此收获爱情的青涩少年。我来此收获的是一股莫名的激动，它如潮水一般，在我的胸腔中汹涌澎湃。

有人说，这种心情也好理解。人有渴望回到自然怀抱的需求，就像孩童依恋母亲的怀抱一样。猛然从众声喧嚣、空气污浊的都市来到这么一座空气清新的山林，人人心中都会生发那种难以平息的激动。

低头沉思一会，觉得这话不无道理。然而，人为何会有回到自然怀抱的需求呢？

陶渊明回答得好。他是这样解释自己为何钟情于山水，寄情于山水的："少无适俗韵，性本爱丘山。"那么，这种对山水的喜好是与生俱来的，这种与生俱来的喜好表明我们人类的血脉中一定流淌着某种远古的记忆——关于我们祖先的记忆。按照达尔文的说法，人是由类人猿通过劳动进化来的。那么，我们来到山林，是否就意味着回到我们祖先栖居的地方，唤醒了我们内心深处关于故乡的情结？那么，来到呀诺达雨林，我胸中生发的激动，就是远方的游子回到故乡的激动了。

类人猿又是由什么进化而来的呢？如果追溯人类生命的最初起源，是否与那碧波万顷的大海有关？我想，这也许不是毫无根据的臆测。今天的我们都离不开水，离不开盐。这是两种从大海中就能轻易获得的物质，也许在时刻提醒着我们，人类身上仍然带着远古时期生命起源的印痕。这种记忆流淌在我们的血脉中，代代遗传，生生不息。

我们不能脱离自然，就像孩童如果得不到母亲的拥抱，会产生被抛弃的孤独感，甚至患上抑郁症。我们只有在自然的怀抱中，才能获得温馨的生存体验。只有在故乡和母亲的怀抱中，我们才能真正睡得香甜，一夜安然无梦。

走进呀诺达热带雨林，我的欣喜万分和激动莫名，是否像所有的游客那样，因为走进了大自然的怀抱。不，不是这样的，一定不仅仅是这样的。我的前世一定和这片雨林有关。不然，何以解释我一来这里，雨林中的蝴蝶一齐起舞，它们像一朵朵盛开的花朵，盘旋在我的左右。微风轻拂着肥大的芭蕉叶、棕榈树的叶子、绿萝的叶子……阳光从叶子的缝隙洒落下来，如一地碎金流银。

我的前世也许是这片雨林中的一株槟榔树，蓝天上的白云是我的恋人，所以我笔直地向天际生长，狂风休想把我的腰吹弯；也许是一株椰子树，我像好客的黎家阿爹或阿妈，总是谦逊地弯着身子，热情地欢迎路过我身旁的每一位生灵；也许是一头不回家的牛、一尾会冲浪的鱼或者一只睡在树上的鸡呢……

今生，我“误落尘网中”。回到呀诺达，我仿佛回到了我前世的家。

为此，我要感谢我家园的守护者！你们的“圆融”理念，你们“先保护再开发，边开发边保护”的做法，你们“人类与万物和谐相处的自然天成”的追求，让我对你们肃然起敬！

我们知道，人有自私、利己的一面，人还有将心比心、推己及人的一面。你爱自己的生命，别人也热爱自己的生命，人会用自己的感受去体会别人的感受，这就是同情心。

路为树绕行，人为树低头，栈道不挡山石之形……你们不仅将心比心、推己及人，还推己及物。所以，雨林中的山石、树木、小草、蚂蚁、飞蛾……一切的一切，都有了与人一样的生命，都有了与人一样的尊严。

漫步在雨林中，我感到岁月的舒缓从容，而你们的激情却像蓬勃生长的鲜花、绿树和藤萝，不舍昼夜。

如果有来生，请神把我留在这片雨林中吧，请神让我托生成呀诺达雨林中的一条汉子。我要喝着山泉、呼吸着山风长大，我要长成一条虎生生的黎家汉子，我要和我那个漂亮的妹子，在雨林中追逐嬉笑。白天，她拿着花，我打着伞，“阿妹手拿花枝俏，阿哥打伞那个情绵绵哎——”。晚上，我们燃起一堆篝火，在高高的木棉树下，在热情四溢的椰子树旁，兄弟姐妹们跳起一支欢快的竹竿舞。那熊熊的篝火映衬着我那个妹子欢乐的笑脸，像一朵迷人的花在灿烂绽放。

我的前世一定和这片雨林有关。不然，何以解释我离开的时候，众鸟鸦雀无声？它们也许不忍听我惜别的话吧，一个个黯然神伤，躲到参天古榕上面、肥大的绿萝叶间或百年古藤的后面……这让想起我年轻时，每次离家远行，母亲都不肯送我到车站，而是一个人悄悄地躲在家里抹泪……

它们一个也不肯出来送我。终于，有一只蝴蝶追了出来，它绕着我即将前行的车跳起了送别的舞蹈。那么硕大的一只蝴蝶，穿着黑底红花的舞衣，我虽然叫不出它的名字，但我觉出了它对我的依恋，它绕着我缓缓前行的车，左嘱咐、右叮咛，久久不忍离开……

沈　园

我以为沈园最美丽的地方，不是那些亭台楼阁，而是那堵墙，题着陆游和唐婉两首《钗头凤》的斑驳的墙。

面向这堵墙，右边的是陆游的词："红酥手，黄滕酒，满城春色宫墙柳。东风恶，欢情薄，一怀愁绪，几年离索。错，错，错！春如旧，人空瘦，泪痕红浥鲛绡透。桃花落，闲池阁，山盟虽在，锦书难托。莫，莫，莫！"陆游的字是苍劲有力的草体。

左边的是唐婉的词："世情薄，人情恶，雨送黄昏花易落。晓风干，泪痕残，欲笺心事，独语斜阑。难，难，难！人成各，今非昨，病魂常似秋千索。角声寒，夜阑珊，怕人寻问，咽泪装欢。瞒，瞒，瞒！"唐婉的字是俏丽柔媚的行书。

墙砖久远，点缀着稀疏的苔痕。我去的这一天，有些微风，阳光从墙头的竹叶间洒落下来，洒到这堵墙上，跳动着，仿佛是串串音符，在向游人诉说着宋朝的往事。

八百多年前，一位严酷的母亲以"陆游婚后情深倦学，误了仕途功名；唐琬婚后不能生育，误了宗祀香火"为由，活活拆散了一对鸳鸯。

拆散了也就拆散了，也许时间会像流水一样冲淡彼此心中的那份情感。谁曾想十年后已经被生生拆散了的鸳鸯，有一天还能相逢在沈园。

这是怎样的一种重逢啊！十年后的唐婉，她的身边早有了他人，而陆游也已为人父。纵然相逢，执手相看已是不能，只能留下惊鸿一瞥和无语凝噎。于是，他在墙头题下《钗头凤》一首，怆然而去。她看了他的词后，难忍心头酸楚，也题了一首《钗头凤》。这次惊魂一瞥的三个月后，唐婉就抑郁离世了。

唐婉，好一位有情有义的女子！“人生自是有情痴，此恨不关风与月。”我想，若是没有这样一位有情有义的女子，没有这位女子留下的这首词，沈园的美会让人如此魂牵梦萦吗？

陆游一生留诗万首，蔡厚淳先生说，“翻阅其文集，无一敬爱之语于其母，也无一爱情之篇给续妻王氏，而却有几十篇悼念唐婉之作，从 31 岁写到 84 岁！令人感慨万千”。

陆游 75 岁时写的《沈园》二首中提道：“梦断香消四十年，沈园柳老不飞绵。此身行作稽山土，犹吊遗踪一泫然。”

暮年的陆游难忘的仍是当初那份失去的爱。我每读此诗，都泪眼蒙眬。

有一种刻骨铭心的爱是带着酸楚的爱。

杜甫与泸州

谈起诗人与酒的奇缘，人们脱口而出的是李白。人们把李白称为“诗仙”，也称他为“酒仙”，仿佛李白的诗首首都弥漫着酒曲的清香。然而，真相总是隐藏在深处。原来，李白与酒有关的诗并不是最多的，李白现存一千五百多首诗文中，提到酒的有一百七十多首。而另一位与他同时代，且与他齐名的伟大诗人杜甫，现存一千四百多首诗作中，与酒有关的有近三百首之多。杜甫也是一位饮者，他“生平老耽酒”（《述怀》），“性豪业嗜酒，嫉恶怀刚肠。……饮酣视八极，俗物多茫茫”（《习士游》）。人们把杜甫称为“诗圣”，却没有人称他为“酒圣”，自然也不会称他为“酒仙”。原来杜甫也有饮者之名，只是他饮酒的名气被遮蔽在李白璀璨耀眼的光芒中了。

杜甫的一生，欢快时借酒助兴，“白日放歌须纵酒，青春作伴好还乡。即从巴峡穿巫峡，便下襄阳向洛阳”（《闻官军收河南河北》）；愁苦时借酒浇愁，“一片花飞减却春，风飘万点正愁人。且看欲尽花经眼，莫厌伤多酒入唇”（《曲江二首》其一）。

青壮年时期，杜甫“放荡齐赵间，裘马颇清狂”（《壮游》）。但他老来尝尽人间百味，诗风沉郁顿挫。

相传杜甫作过一首《泸州纪行》：“自昔泸以负盛名，归途邂逅慰老身。江山照眼灵气出，古塞城高紫色生。代有人才探翰墨，我来系缆结诗情。三杯入口心自愧，枯口无字谢主人。”

现在，没有人能说得清，杜甫一生来过几次泸州，每次来泸州又停留了多少天。查杜甫年表，我们可以大略地知道他一生中至少来过泸州两次。一次是永泰元年（765），他到了戎州（四川宜宾），自戎州至渝州（重庆）；一次是大历元年（766），携家从成都泛舟岷江，取道嘉州、戎州、泸州、渝州，移居三峡中瞿塘峡畔的夔州。这两次途经泸州，大约都是匆匆而过。然而，唐朝的这位伟大诗人，因为泸州的酒，在这里投下了深情的一瞥，这一瞥不啻美人的蓦然回眸，让今天的泸州人依然惊艳、心颤，然后津津乐道。

唐朝的泸州，太阳应该比我们今天见到的更大更圆一些，因为那时候没有工厂的烟囱和汽车尾气的排放。几处酿酒作坊，散布在沱江两岸，尚不能称之为工业的雏形。又大又圆的太阳从沱江的东边出来，缓缓地划过周天，没入沱江的西边。江水东流，江上白帆点点，风景美得醉人。然而，唐朝的泸州，空气里弥漫的酒曲香气，一定不如今天的浓郁和绵长，因为今天的泸州美酒，在沿袭古方的基础上，又经过现代工艺的改进。鉴古而知今，以今推古。“古人今人若流水，共看明月皆如此。”

途径泸州时的杜甫，虽已年迈，但他一定不知道自己的生命只剩下短短四五年的光阴。面对潦倒的前尘往事，他有些悲凉，有些心灰。我之所以要说是“有些”，是因为来泸州时的杜甫虽然心境悲凉，却没有悲凉到极致，虽然有些心灰，却没有心死。他还在失望中寻找着希望，在失意中寻找着得意。不然，他不会如此往来奔波，在别处寻找可能更好的生活。那么，他来到心仪已久的泸州，美酒不可不饮。他端起一杯，闻一闻，那酒香浓四溢；尝一尝，那酒似一团火，舌尖初触，瞬间弥漫开来，一直弥漫到舌根。这是怎样的佳酿啊，初尝微苦，继而口舌留甘，三杯下肚，浑身通泰，真有飘飘欲仙之感。那苦和甘、辣和爽杂糅，纠结在一起的感觉既神奇又微妙。杜甫一定想起了自己的人生况味，他想说出来，可是那杂糅出来的种种滋味只可意会不可言传，“诗圣”也无法用语言精妙地表达，他只能吟出“三杯入口心自愧，枯口无字谢主人”这样的诗句。

杜甫的一生真是五味杂陈。他是一位文人。他有文人的风骨，渴望随心所欲、放荡不羁。杜甫又是一个儒者，儒家讲究“穷则独善其身，达则兼济天下”，有着强烈的入世情怀。杜甫出身官僚世家，自然比其他一些寒门子弟更加渴望建功立业，实现自己“致君尧舜上”的抱负。

当年，杜甫客居长安时，曾奔赴于权贵之门，可是他的理想与现实，恰如卵和石的关系。在他心中，“出世”和“入世”相纠结，心灰的时候，出世就占了上风，隐逸的想法冒了出来，“今欲东入海，即将西去秦。尚怜终南山，回首清渭滨”。杜甫困守长安十年（746—755），落魄潦倒时，他也骂自己的儒学不值一文，连自己的孩子都养不活，“儒术于我何有哉？孔丘盗跖俱尘埃。不须闻此意惨怆，生前相遇且衔杯”（《醉时歌》）。人生失意时，酒是抚慰他心灵创伤的灵丹妙药。然而，当他躲到角落里用酒将自己心灵的伤口渐渐抚平时，他又做起了“兼济天下”的梦。杜甫的身上就是有着这么一股韧劲儿。

杜甫的身上还有一种迂腐劲儿，他本有发达起来的机会，从而实现他“兼济天下”的抱负。肃宗曾授杜甫为左拾遗，这是一个职掌供奉讽谏、荐举人才的官，级别虽然不高，但毕竟是皇帝身边人，言辞可以直达圣听。可吊诡的历史仿佛要有意和杜甫过不去，一个“房琯事件”让杜甫的大好前程如雨打落花去。

人生是一场旅行，或漫长或短暂。但人生又不是一场旅行，因为没有人像先知一样知道自己的终点在哪里，那处风景又如何。假如杜甫能够窥破他的人生，他就不会在失望中寻觅着希望，在失意中寻觅着得意。

可怜杜甫在临终前一年（769），还想奔赴权贵之门。故人韦之晋当时任衡州（衡阳）刺史，杜甫想去他手下谋一份差事。于是，他又一路风餐露宿，走了好几个月，风尘仆仆地抵达衡州。到了才知道，韦之晋已经出任潭州刺史。杜甫失望地擦了额头上的汗，转身又奔赴潭州。谁知，命运总要捉弄杜甫，韦之晋这时突然死了。

不知道当年来到泸州时的杜甫是什么样子的？我们今天看杜甫的画像，其中最经典的一幅，是蒋兆和画的，一张枯瘦而沟壑纵横的脸，一副“穷年忧黎元，叹息肠内热”的模样。难道杜甫就带着这样忧心忡忡的表情到了泸州城？我猜想，这种可能性不大。因为，他还有生活的热情；因为，即使他满面愁容，也会被酒香拂去。在唐朝，在泸州，在微醺的酒意中，一位伟大的诗人虽然勘不透未来，却能看到前尘往事中的自己，“忆年十五心尚孩，健如黄犊走复来。庭前八月梨枣熟，一日上树能千回”（《百忧集行》）。

狂放、严谨、喜悦、忧愁、出世、入世，兼有柔韧、刚硬、迂腐、贤明……来到泸州城的杜甫，用他身上的多种元素为我们酿了一壶人生的酒，你品尝这酒，能说出些许显现的元素，却说不出多种元素勾兑在一起的奇妙和神秘滋味，像喝了一杯泸州老窖的酒。

偕谁隐居誓白头

抵达富阳时，已经是夜里 10 点了。富阳刚下完雨，空气湿漉漉的，街灯亮在湿漉漉的空气中，带着种雾蒙蒙的光晕。我就想起“春风沉醉的晚上”了，虽然我们来的这一天，早已过了立夏。我的眼前就闪现出那个穿着长衫的瘦削青年，他长得算不上英俊，但他潇洒、才高八斗，是中国现代文学史上矗立的一座丰碑。

在富阳的街上，在街灯雾蒙蒙的光圈里，我仿佛看见他挎着一个女人的臂弯，在街头谈笑着走来。这个女人是孙荃，还是王映霞？我瞪大眼睛看。遗憾的是，他们已经消失在街头的转角处，消失在富阳的夜色里。

郁达夫与王映霞，那段以激情始、以悲剧终的情爱纠葛，至今追思，犹让人扼腕叹息。

1927 年 1 月 14 日，在上海马当路尚贤坊 40 号，郁达夫穿着妻子孙荃从北京寄来的新皮袍登门拜访老朋友孙百刚，在这里，他第一次见到了“明眸如水、一泓秋波”的 20 岁姑娘王映霞。中国现代文学史中那段著名的情事开始上演了。

20 岁的姑娘王映霞虽然仰慕郁达夫的才华，但他是一个有妇之夫，而她也有婚约在身，岂能轻易以身相许。王映霞不知道，郁达夫的情感闸门已经为她打开，并且不可遏止如奔腾的江水。为赢得美人的欢心，这位中国现代文学史上的大才子郁达夫写了无数的情书和情诗。

我认真地拜读过 1927 年郁达夫致王映霞女士的情书。情书中，郁达夫的情感随着王女士对他的态度悲喜起伏。悲是在王女士不看好两个人未来的时候，情书里写满了“死呀”“活呀”的话。3 月 11 日晚间的情书是这样写的，“映霞：今天晚上大约又要累我一夜的不睡了，你何以会这样的多心，这样的疑我？你拿一把刀来把我杀了倒安易些，我实在受不起这种苦了……”文学史上这么伟大的人物，在感情的天地里，也像是一个轻狂浮躁的毛头少年。喜是在王女士对两个人的前途有所期期艾艾表示的时候，如 1927 年 3 月 6 日午后写的情诗被时人广为传诵：“朝来风色暗高楼，偕隐名山誓白头，好事只愁天妒我，为君先买五湖舟。”

为了博取美人的欢心，在情书里，郁达夫还不惜把自己现在的妻子称作“富阳泼妇”。这真是“由来只有新人笑，有谁听过旧人哭”。到底是才高八斗，写的情书和情诗具有蛊惑人心的魅力。只用一年的时间，郁达夫的热情就打动了王映霞。1928 年 2 月，两个人正式同居，成了“富春江上神仙侣”，成了那个时代自由恋爱与自主婚姻的明星式人物。

然而，幸福的真谛是平平淡淡，轰轰烈烈的爱情并不久远。郁达夫和王映霞两个人轰轰烈烈的爱情止步于“红杏出墙”。

夫妻两个人的感情，就像摆放在桌上的一只精致的瓷瓶，两个人相互小心翼翼地珍惜着这只瓷瓶，“时时勤拂拭，勿使有尘埃”。但有一天，谁不小心把这只瓷瓶推倒在地，打碎了，再把瓷瓶的碎片黏合起来。黏合起来的瓷瓶已经不是当初的瓷瓶了，它一次次地被推倒在地，一次次地黏合，终于碎了。郁达夫和王映霞的感情裂痕也是这样愈裂愈深，最后在新加坡恶言相向。

郁达夫在1940年3月与王映霞离异之后，曾在新加坡作一绝句："月缺花残太不情，富春江上晚凉生。如非燕垒来蛇鼠，忍作投荒万里行？"这首诗读来哀怨凄切。

这燕垒中来的"蛇鼠"究竟指的是谁呢？一说是浙江省教育厅长许绍棣。一说是戴笠，此说源自汪静之的遗作《王映霞的一个秘密》。

抵达富阳的这个夜里，同车的沈阳师范大学教授孟繁华先生讲故事，说郁达夫远走南洋的一个原因是，戴笠在西湖边的新星旅馆约见王映霞，郁达夫陪王映霞前往，但他留在楼外，王映霞只身上去见戴笠。郁达夫认为，若戴笠单独约见不超过半个小时也属正常。结果他在楼外等啊等，等了四五个小时，王映霞才出来。郁达夫何等聪明之人，当即愤而出走南洋。当时，我竟忘了问孟繁华先生这个故事的出处。

据说，王映霞当年是有名的"杭州三美"之一，气质风度皆佳，颇为引人注目。而戴笠其人，"最大的毛病就是爱色，他不但到处有女人，而且连朋友的女人都不分皂白，这是他私德方面，最容易令人灰心的"。如此说来，这个故事的可信度也有几分。

现在，让我们转回头来看，当年为了博取王映霞欢心时，郁达夫笔下的"富阳泼妇"究竟是个什么样的人。

妻子孙荃对"小三"王映霞的介入，当然极力反对，而且还以"殉死"相抗争。她的这种反对和抗争，竟成了夫君笔下的"富阳泼妇"。郁达夫在1927年给王映霞的情书里还说，"我对我的女人，终是没有热烈爱情的，所以长年的漂流在外，很久很久不见面，我也觉得一点儿也没有什么"。

然而，1922年2月郁达夫给妻子一信的开头却是"兰坡，我所最爱的兰坡"。信中还写道，"我和你分开的一霎时候，我心里正同刀割的一样"。

兰坡是郁达夫为孙荃改的字。"为某改字曰兰坡名曰荃。题君封号报君知，两字兰荃出楚辞。别有伤心深意在，离人芳草最相思。”原来这个泼妇也是他曾经最爱的人。

郁达夫曾自制闲章一枚，叫“生怕情多累美人”。我觉得一个男人要的是责任感，如果有高度的责任感，当不会“情多累美人”了。

沙牧先生对我说，郁达夫和王映霞同居后，并没有和孙荃离婚，孙荃分居不离家，一直居住在郁家在富阳的旧居里。郁达夫在能接济家里的情况下，仍然不时汇钱给家中。

郁达夫和孙荃分居时，三个孩子尚幼，都不谙人事，特别是在郁达夫流亡南洋后，经济上已没有一点外援，在国破家亡的境遇里，孙荃硬是把三个孩子拉扯大，而且都受了高等教育。这之间受过多少艰难辛酸，只有她自己知道了。

破镜难圆的男女，有的人只观照对方在自己心灵深处留下的伤疤，随着时间的流逝而愈加怨恨；有的人则记取对方在自己生命中曾留下的那一缕柔情，而且随着时间的流逝，伤痕逐渐淡去，那一缕柔情却越来越清晰。

郁达夫在散文《记风雨茅庐》中说到有人劝他再造一间门楼时，写道："他的这一句话，又恰巧打中了我下意识里的一个痛处，在这空角上，我实在也在打算盖起一座塔样的楼来，楼名是十五六年前就想好的，叫做‘夕阳楼’。”孙荃知道，这个“夕阳楼”不但是郁达夫取的楼名，也是郁达夫曾经为她诗稿题写的题名。这座“夕阳楼”在郁达夫的心里，何尝不是婚前作为书房、结婚时作为新房的那间面朝富春江、西窗照夕阳的西楼。

刚开始分居时，孙荃对郁达夫是有怨恨之气的。然而，随着岁月的流逝，这种怨恨之情越来越淡，最后了无踪迹，只剩下无尽的思念和回忆。据有关资料记载，20 世纪 40 年代末期，孙荃看到胡愈之写给全国文艺界的报告《郁达夫的流亡和失踪》，才知道已分居多年、杳如黄鹤的夫君早已为国捐躯，血染异国土地。顿时，泪如泉涌……在她家的堂屋里，始终挂着郁达夫的照片，每逢旧历的七月十五（富阳乡俗中的“鬼节”），她总要向南天遥望，希望夫君“魂兮归来”。1949 年后，孙荃最关心的就是郁达夫作品的整理和出版。

王映霞与郁达夫分手后，后来嫁给钟贤道，暮年回忆自己与钟贤道的生活，感到很满足。

当一个人乐意频频回忆过去的时候，便是到了暮年的时候。所以，老年人爱忆旧、爱絮叨。当我们年轻的时候，大千世界，色彩缤纷，纷纭的世事阻挡不了我们匆匆的步伐，我们来不及回头咀嚼、回忆往事，因为我们一直在路上。

但到晚年的时候，缤纷的世界已经打动不了我们的眼睛，纷纭的世事已经诱惑不了我们的心志，我们就开始回头咀嚼、回忆往事了。

一个人怀念往事，一定会怀念他的情路历程吧。这么一个“春风沉醉的晚上”，我一个人跑到郁达夫故居门前。门前的富春江水在夜色里缓缓流淌，故居静默不语。我想，如果郁达夫走在人生的边上，回头看，他会怎样看待自己与孙荃、王映霞的情感纠葛呢？“偕隐名山誓白头”，他最终要偕谁隐名山誓白头呢？

可惜，他一直在路上，他得不到在人生的边上咀嚼人生的机会了。

沂蒙桐花遍地香

没来沂蒙山区前，我以为这里山高林密、山峰相连，畏途巉岩间有瀑布奔流、奇石突现。不是吗？许多山区都是如此。像同为革命老区的大别山区、桐柏山区，走进去真是“一山未了一山迎，百里没有一里平”。

来到沂蒙山区，才发现自己关于山区的概念是犯了经验主义的错误。这里并没有群山相连，山和山之间还有开阔地。山是石头山，一些生命力极强的草木挤出石头缝隙，让山在这个草木葳蕤的季节渲染上了写意的绿。山也不高，多平顶。放眼望去，酷似一座座城堡，当地人把它们称为“崮”。沂蒙七十二崮，孟良崮只是其中一座普通的崮。然而，它的名气却最响。因为有那场以它命名的战役，因为山上有“击毙张灵甫之地”。

张灵甫，一个末路的英雄，在这里演完了他一生的悲剧。

有人说他并非儒将，是一介莽夫。不然，怎么会在孟良崮身死名灭，为天下笑？至于他的抗战功绩，也是夸大美化云云。这些都不正确。先说前面，张灵甫的确是位儒将。他当过小学老师，1924 年还上过北京大学，虽然没有修完四年哲学本科。但那个年代，能去大学读书的有几个人？能去北京大学读书的又有几个人？称他为儒将不仅是因为他上过大学，腹有诗书气自华。除了儒雅的风度，他还有儒雅的爱好。张灵甫写的一手好字，因为这手好字，国民党元老于右任也对他青眼相加，甚至与他结成忘年交。如果人生的轨迹不发生改变，顺着这条路走下去，张灵甫可能会成为一位大书法家。要知道，后来成为著名书画家的张大千那时尚在勤练“三代两汉金石文字，六朝三唐碑刻”。也许，张灵甫还可以成为一位著名的哲学家。他的师兄冯友兰是北大哲学系1915级的学生。而在他之后，1931年秋，著名国学大师钱穆才到北大哲学系任教，且常以早年未能进入北大读书为憾。张灵甫成为大师一级人物的概率有多高，自然不言而喻。

然而，那不是我们今天这样祥和安宁的时代，张灵甫遂投笔从戎。

一步步从文弱书生转变为铁血硬汉，张灵甫身经百战。据史料记载，武汉会战中的万家岭战役，面对被日军先行占领的高地——张古山，在久攻不下的情况下，张灵甫自告奋勇学邓艾偷渡阴平，亲率突击队从山后攀绝壁而上，为成功歼灭日军第106师团立下了汗马功劳。1939年南昌会战，他右腿中炮弹负重伤，不顾医生再治疗一个月可以痊愈的劝阻提前归队，带伤参加长沙会战，从此留下残疾，被称为“跛腿将军”。1943年常德会战，张灵甫亲率突击队救援常德，迫使日军退出，被蒋介石誉为“模范军人”。1945年在湖南芷江保卫战（雪峰山战役）中大获全胜，被称为“常胜将军”，获三等宝鼎勋章。抗战胜利后，张灵甫升任整编74师中将师长。

再说说质疑张灵甫是抗日英雄的说法。2005年，在抗战胜利60周年之际，张灵甫的长子张居礼终于光荣地替父亲领到了中共中央、中央军委和国务院颁发的一枚抗日纪念章。这枚抗日纪念章就足以让那些信口雌黄不攻自破。

将军百战死，却并没有死在抗日的战场上。1947年5月，那个英雄的末路，总给人一种苍凉和悲壮的震撼。68 年后的今天，我来到沂蒙山区，眼前的孟良崮屹立在蓝天白云下面，显得是那么肃穆。

孟良崮上缺水，重装备上不去，石头山上又难修工事，熟读《三国演义》的张灵甫岂能不知，他怎么可能是第二个“拒谏失街亭”的马谡？还是粟裕将军说得好，张灵甫的“孤军深入”，实际上是深谋远虑的诱敌深入之策。当年，此地周边国民党军四十多万，开到孟良崮最多不过一两天的时间，而凭借 74 师的强大军事实力与孟良崮的险要山势，在此坚守一两天不成问题。

1947 年 5 月 11 日，张灵甫走了一步险棋。他是一个喜欢冒险的人，这一点从武汉会战中，他亲率突击队从山后攀绝壁而上，攻占日军占领的高地张古山，就可以看出来。在高手那里，险棋往往能出奇制胜，成为一盘胜券在握的稳棋。这一回，张灵甫以为自己下的就是这盘出奇制胜的稳棋。他踌躇满志，运筹帷幄。他不惜以自身作诱饵，吸引住解放军，然后外围四十多万国民党军再形成反包围，围歼华东野战军主力，这简直是易如反掌。1947 年的蒋介石政府已处在生死存亡的紧急关头。作为蒋介石的爱将，张灵甫希望止住国民党军节节败退的颓势，他的心情太迫切了，他想力挽狂澜，挽大厦之将倾。我曾想，1947 年的 5 月，熟读《三国演义》的张灵甫是否把自己想成了“三顾频烦天下计，两朝开济老臣心”的诸葛亮？

棋局已布，高手过招的每一个环节都应该精心考虑到，一着不慎，满盘皆输。有人认为，张灵甫的棋局本来不错，但作为“卒”的整 83 师李天霞援师不力，不肯拱卒过河。如此说来，张灵甫还不是一个真正的高手，因为他不具备左右自己棋子的能力。何况他布的还是一着危机四伏的险棋。从另一个角度来说，张灵甫岂不知李天霞与自己不睦。他走了这一步险棋，除了立功心切外，可能还和信赖他的统帅驾驭军队的能力有关。

张灵甫在孟良崮战役之前，在给蒋介石的信中直陈时弊："以国军表现于战场者，勇者任其自进，怯者听其裹足，牺牲者牺牲而已，机巧者自为得志，赏难分明，罚每欠当，同床异梦，各自为谋。匪则进退飘忽，来去自如，我则一进一退，俱多牵制。窃以为不谋之以改进，则不足以言剿匪矣。"更何况他的统帅亲自下令："畏敌不前者杀！作战不力者杀！"握有这样的尚方宝剑，张灵甫以为必能稳操胜券了。

张灵甫至死也不会明白，他洞幽烛微，满盘棋子，精心布局，却忽略了棋外的功夫。他至死也不会明白，他进行的这场战争是非正义与正义的较量；他至死也不会明白，他进行的这场战争是一只困兽与一群斗士的较量。他深陷于人民战争的海洋，他必然会输，必然会一败涂地。

孟良崮战役，我军兵力虽然只有二十万，但还有九十二万老百姓冒着纷飞的战火，为子弟兵运送弹药和粮草，乃至冲到杀敌的第一线。据有关史料记载，在孟良崮战役期间，鲁中区训练了一千余名爆炸能手，组成六十多个爆炸袭击队，配合作战。鲁南地方武装出击临淄公路，炮击费县城，收复百余村庄，并破坏临蒙公路，直逼临沂城郊。同时，他们配合滨海武装，斩断临郯公路，切断敌两条补给线，钳制敌人四个旅不能增援孟良崮。滨海区地方武装作战六十多次，毙、伤、俘敌一千五百余人，控制村庄五百余个。这些都为孟良崮战役的胜利创造了许多有利的条件。

男人去了前线，沂蒙山区的妇女们也不甘落后。她们为子弟兵摊煎饼、纳军鞋、救伤员。有一次，子弟兵要紧急过河，在没有建桥材料的情况下，她们跳进齐腰深的河水中，肩扛门板，搭起了一座人桥。

战场情况复杂多变，敌我双方分秒必争。当年的6纵司令员王必成回忆抢夺黄崖山之战时，仍感慨不已："倘使国民党军先我一分钟到达山顶，阻击25师的战斗，整个孟良崮战斗恐怕就是另一番场景了。"

而来到沂蒙山区的国民党军，成了真正的孤家寡人，不但找不到食物，行军时连个向导也找不到。

孟良崮战役纪念馆里，有一张张灵甫的戎装照。照片上的他完全可以用帅气这个词来形容，国字脸、剑眉豹眼、嘴角紧抿，满脸都是得意与自信。也许是翻拍过来的缘故，他的眼神显得很空茫。我觉得，这份空茫倒也符合一个悲剧英雄的一生。

我们来到孟良崮这天是 4 月 29 日，春天即将过去，夏天将要到来。沂蒙山区的桐花正开得馥郁，紫色的花，一嘟噜一嘟噜地聚在一起，花形极普通，像一只只小喇叭，却清香四溢，沁人心脾，让人心醉，就像沂蒙山区的老百姓。

再过 17 天，就是张灵甫将军 68 周年的忌日了。68 年前，那个桐花开放的季节，空气中弥漫的却是硝烟的味道。往事并不如烟，往事没有飘散，它依然历历在目。它在时刻提醒我们，不应忘记那个虽有桐花开放却没有桐花飘香的日子。

亦刚亦柔秦直道

圣诞节的前一天，我站在鄂尔多斯市秦直道纪念馆前。这一天，风并不大，倒吹得纪念馆城墙上的彩旗猎猎作响，坡上的枯草左右摇晃。日暮时分，极目远望，不见人家，唯见漠漠四野，沟壑纵横。友人指点前方一段山脊，其直如矢，说它就是秦直道的遗址。昏黄苍茫中，我的眼前就有旌旗乱卷起来，就有战马嘶鸣起来，就有马蹄声杂沓而过，就有战车席卷而过……

这是怎样的一条道路啊，早在2000多年前，它就有30多米宽，而我国第一条高速公路——沪昆高速公路的宽度也只有45米。仅从这条路上，我们就能看出秦王嬴政“包举宇内，并吞八荒”的雄心。史载，秦始皇统一六国后，命大将蒙恬率师督军，役使30万军民，一面镇守边关，一面修筑军事要道。“三十五年（前212），除道，道九原，抵云阳，堑山堙谷，直通之。”《史记·秦始皇本纪》中的这条“军事要道”，就是我眼前的这一条“秦直道”，自然，现在这条路，已被淹没在岁月的尘埃中。

秦始皇为什么要修这样的一条路呢？我翻遍史书。许多人说他是为了快速反击和抵御北方匈奴民族的侵扰。可我觉得这只是其中一个理由，虽然这个理由是那么的冠冕堂皇。秦王嬴政也是人，是人自然就有一份猎奇的心理，自然就想到自己从未去过的地方走一走。《史记·蒙恬列传》也记载："始皇欲游天下，道九原，直抵甘泉。"当然，帝王出门旅游和我们凡夫俗子不一样。帝王到某地旅游，即使不能给这个地方带来一点好处，甚至劳民伤财，但凡夫俗子和帝王本人都深信他的到来，是降恩泽于一方人民。所以帝王到某地旅游，不能说他像凡夫俗子一样到某地"转转"，而要用"驾幸""临幸"或"出巡"这样的词。

我还觉得"欲游天下"的秦始皇，四处转转，可能还有另外一层意思。对于我们凡夫俗子来说，自己家有几本存折，一年之中，哪怕没有用钱的地方，这存折也要检点几番。自己家有几块珍藏，一年之中，有事没事的时候，也要拿它出来摩挲几番。"普天之下，莫非王土；率土之滨，莫非王臣。"难不成富有四海的帝王还不如凡夫俗子，连自家的财产都不能检点一番？我这么推测是有几分道理的，因为在秦始皇的强权统治下，北方的匈奴民族早已噤若寒蝉，贾谊的《过秦论》说，"胡人不敢南下而牧马，士不敢弯弓而报怨"。

但天下实在太大，而帝王的寿命并不比我们凡夫俗子的长，有的甚至更短。秦始皇只活了49岁，他本人就死在"到处转转"的途中。由他创建并欲传之千秋万代的大秦王朝，很快便"一夫作难而七庙堕，身死人手，为天下笑"。

秦自孝公启用商鞅变法，始强于诸国，又经过六代君王的求贤若渴、礼贤下士、衣宵食旰，才打下了一片厚实的疆土，到秦始皇手上"奋六世之余烈，振长策而御宇内"，才六合归一。然而大秦王朝的极盛之时，又是它快速衰亡之际，这真是"盛极而衰，否极泰来"。所以，依我来看，这个秦始皇，倒不如别那么太有作为，脾气也别那么刚烈，使出不温不火的性子，也许江山会传得更久远些。

与短命的秦王朝相比，秦直道的影响可要久远得多。在以后两千多年的风雨征程中，我眼前的这条路上还有多少历史剧要上演啊，或壮怀激烈，或清丽芳婉……让把天下作为自己私有财产的皇帝做梦也想不到的是，他苦心经营的一切，最终只不过是替别人做了件嫁衣裳。

我眼前的这条路上，就有汉朝的旌旗飘过，就有唐朝李世民横戈跃马飞过。在宋朝，党项人李继迁在这条路上经过十几年的征战，成为西夏帝国的真正奠基者……

我眼前的这条路上，还行走过两位美丽的女子。一位是王昭君，昭君出塞，远嫁匈奴，从长安出发，经秦直道北行。至今秦直道沿线的内蒙古境内还有昭君墓，沿途还有许多关于昭君的美丽传说。一位是蔡文姬，东汉末年，蔡文姬在战乱中为南匈奴所俘，后嫁匈奴右贤王为阏氏，走的就是秦直道。后来蔡文姬思乡心切，12 年后，曹操派使者往接蔡文姬，蔡文姬离别丈夫、子女，又沿着这条路返回中原……

这两位女子使得这条充满阳刚、苍茫而又大气的秦直道变得柔媚和凄美起来。因为这两个女子，我对这条路的感觉就好比刚读完岳飞的“三十功名尘与土，八千里路云和月。莫等闲，白了少年头，空悲切……”（《满江红》），又读到他的“昨夜寒蛩不住鸣，惊回千里梦，已三更。起来独自绕阶行，人悄悄，帘外月胧明……”（《小重山》），壮怀激烈和惆怅凄切，在一个人身上统一得这么和谐一样。

圣诞节的前一天，如果你也像我一样，站到鄂尔多斯市秦直道纪念馆前，看远处的山川起伏，像大海的波涛，像你的心潮在起伏。你就会有一种苍茫的感觉，而风又裹挟着厚重的历史扑面而来。若你的身边又有知己如兰，那一刻，你真想祈求神，让时光停留在这一刻。

张飞柏、姜维豆腐及其他

噫吁兮！每一个来到剑门关的人，无不惊叹它的险峻、它的雄奇、它的巧夺天工！两边山崖千仞，石壁如墙，中间一条小道逶迤而来，“一夫当关，万夫莫开”！每一个来到剑门关的人都会惊叹，只不过我们不能像诗人那样咏叹出回肠荡气、瑰丽神奇的诗篇。

这是两千三百多年修建的剑门关，在这里发生过的战争不计其数。关楼上，绘有发生在这里的经典战事的十幅浮雕。从“司马错败蜀王入关”开始，讲到元朝时的“三忠烈魂断剑门”。十场经典战事，其中有七场失守。对方或用诈降计，如“姚苌诈降巧夺关”；或迂回夹击而夺关斩将，如“后唐军风云雄关”“王全斌剑门之战”“失险关李顺折翅”。这十场还不包括现代史上红军攻夺剑门关的那辉煌一战。现在景区内另辟有专门纪念此次战役的景点。

“姜维守关震三国”，这一幅里蜀国大将姜维倒是守住了剑门关，但后主刘禅在成都投降，姜维只得弃守。雄关到底不是没落王朝的救命稻草，兴衰自古只由人事。

这天下第一的雄关，是一座雄壮的关隘。你来这座关隘抚今吊古，眼前上演的多是刀光剑影、腥风血雨的故事。就连五丁开山的传说都如盘古开天地一般，地动山摇，天崩地裂。你的耳畔回荡的尽是仰天大笑、声震九霄的大喜之音，或者连鬼神也为之动容的大悲之音。

这时张飞柏和姜维豆腐的传说与你不期而遇，便如青翠的山和山尖那朵妩媚的云，又如山路旁迎风摇曳的野花和婉转的鸟啼，让你那颗骚动、紧张的心变得宁静、平和起来。

张飞柏在翠云廊景区，景区内有猛张飞的雕塑，张飞豹眼圆睁，须眉尽张。相传，张飞当年为巴西（今阆中市）太守，军情政务，羽书出川频繁，往往因剑门山势险峻，不识路径而耽误行程。张飞便命令士兵自阆中至昭化凿石开山，将羊肠小道扩建成一丈多宽的石板大路，在两旁栽植柏树，并严加保护。柏道不仅有利于行军，还方便了商贾和当地百姓的行走。

这么一位猛张飞，在《三国演义》里，我们都熟悉他疾恶如仇的形象，他怒鞭督邮、声震如雷，在当阳桥头一声暴喝，惊退曹操八十三万大军。我们还熟悉他暴躁如雷，性情过于刚烈，不懂辅之以柔，以至不得善终，被部将刺杀时才 55 岁。却没想到在剑门关，在剑门蜀道景区，还有许多棵活了将近两千年依旧生机勃勃的“张飞柏”。今天的翠云廊景区，青石路面宽敞平坦，两旁古柏苍苍。你走进翠云廊景区，分明就是走进了一个古柏的王国，每一棵树的神奇造型和久远的历史都让你惊叹！

可见，植树造林是一件得民心的工程。决策者做了一件得民心的事，老百姓会把许多人的功劳都记到你一个人的头上，并且永世不忘，代代传颂。

姜维豆腐也是如此。相传三国蜀汉景耀六年（263），蜀国将领姜维兵败，退到剑门天险拒守，魏将钟会、邓艾竭尽全力争夺这一要塞。由于连续征战，姜维营中兵士体力大减，马匹也因劳累、疲惫不堪，难以再战。有人就向姜维献计，号令军中兵士磨制豆腐，以豆腐作为将士主食，以豆渣喂养军马。采用剑门黄豆磨制出来的豆腐不仅细嫩爽口，而且吃后令人气力倍增，姜维的兵马很快恢复了体力，于是引兵杀出关去，终于杀退了钟会、邓艾大军。从此，剑门一带的百姓就有了磨制豆腐的习惯，豆腐的名声也逐渐远扬，成为当地的特产。

我们在山下品尝了姜维豆腐。豆腐或蒸或煮或炖或炸，能做成几十道花色。菜微辣，我这个平时不太能吃辣的人，也敢品尝。山下一条街的饭店都以豆腐为招牌。那个姜维，生前不知是否造福人民，死后将近两千年，以他名字命名的豆腐却给当地老百姓带来看得见的实惠，令人唏嘘不已。

我对传说中那个向姜维献计的人很感兴趣。他是姜维的兵士，还是他身边的谋士？或者是当地的百姓？可惜他在历史的纸缝中，甚至在传说的纸缝中销声匿迹，遍地无痕。这豆腐现在只叫姜维豆腐。

说来也巧，张飞和姜维皆是死于非命之人。姜维 62 岁时被作乱的士兵所杀。

前几日读何顿先生的长篇《来生再见》，得到了“英雄气短，儿女情长”的新解。书中说，做人还是做一个平常人好，不要逞强充英雄。凡是充英雄的人都死得比别人快。裴元庆是隋唐第三条好汉，是唯一能够接隋唐第一条好汉李元霸一锤的人，爱逞英雄，15 岁就死了。而按照演义的说法，隋唐第一条好汉李元霸死时也才 15 岁。

辛弃疾写词既写“醉里挑灯看剑”，又写“昨夜松边醉倒”，风格沉雄豪迈又不乏细腻柔媚之处，刚柔相济，所以辛弃疾得以善终。如果不是死于非命，我想既能吟出“怒发冲冠凭栏处”，又能吟出“昨夜寒蛩不住鸣”的岳武穆，活到天命之年也是不成问题的吧。人也与景一样，要刚柔相济。

岳飞没有来过剑门蜀道。然而，剑门蜀道也一定要和他这个时代发生联系。公元 1172 年 11 月，陆游从抗金前线陕南转任成都，途经剑门关，千年古道，过去的刀光剑影和腥风血雨也把诗人的心往下拽。然而，天公有情，这一天，有微雨飘洒在剑门关的上空，飘洒在滴翠的青山间，如雾、如烟、如尘……逢此美景，诗人触景生情，吟诗一首：“衣上征尘杂酒痕，远游无处不消魂。此身合是诗人未，细雨骑驴入剑门。”

如今，陆游的这首纪行诗《剑门道中遇微雨》也刻在剑门关景区内。刻诗的地方是景区的景点之一，还建有长廊，景点名称取诗中“细雨”二字，叫“细雨廊”。

剑门蜀道是当年的政治中心——长安与岭南的必经之道。当年，雄关古道上一匹骏马飞驰，马背上的兵士风尘仆仆，他不时地扬起手中的长鞭在马的耳际打出一声霹雳。急促的马蹄声让行走在这条古道上的平民百姓急忙奔向道侧，唯恐避之而不及，惹祸上身。“一骑红尘妃子笑，无人知是荔枝来。”别说是平民百姓，即便是这策马奔驰的兵士，也未必能够知道自己此行的任务。一道军事密令使多少平常的俗事笼上了神秘的面纱。

这一次来剑门关，关于为杨贵妃运送荔枝一事，听广元的朋友告诉我，当年荔枝并非摘下来就运送的，而是放进蜂蜜中，蜂蜜起到密封的作用，能确保荔枝的新鲜。古人的智慧常常让今人叹服。

唐明皇没有想到自己不久还将亲自踏上这条运送荔枝之路。天宝十五年（756），他避安史之乱于蜀中，写了一首《幸蜀题剑门》的纪行诗，其中两句是：“灌木萦旗转，仙云拂马来。”纵然是乱离人，诗中却不失富贵气象。因为来的时候，虽然仓皇，美人依然相伴在侧。然而，行到马嵬坡，六军不发，美人被逼自缢。再回剑阁时，只能满目皆是伤心处了。白居易的《长恨歌》有诗句说出了唐明皇此时凄惶的心境，“黄埃散漫风萧索，云栈萦纡登剑阁”“行宫见月伤心色，夜雨闻铃肠断声”。据说词牌“雨霖铃”一名即是根据唐明皇剑阁闻铃的故事而来。

雄关古道，诗人瑰丽神奇的诗篇和唐明皇、杨贵妃的传说，也为这条阳刚之路添上了阴柔的一笔。

长春印象三题

2009 年 6 月 23 日—29 日，我来吉林省长春市参加国新办组织的新闻业务培训班。学习之余，走过长春的街头，乘着长春的出租车，欣赏了长春的著名景点。现整理出长春印象三篇，以飨读者。

一、老百姓的文化广场

早就知道，位于地质宫前方的文化广场，是长春人娱乐休闲的好去处，这次有机会来长春，一定要前去看看。恰好重庆市委外宣办的王东也想了解长春人的夜生活。这天傍晚，我们就一起走进了长春的文化广场。

广场很大，广场的中心位置是高耸的太阳鸟雕塑，太阳鸟雕塑前有一尊粗壮的男子铜像，有长春人称之为“中国猛男”。男子全身赤裸，高扬双手。我以为他是在做仰天长啸状。有长春人说他是在迎接日出，这尊塑像表现的是早晨，象征人类强大的生命力。王东则笑言，裸体男子铜像不多见。

除了中心位置的塑像外，广场上还有两尊石雕。一尊靠近地质宫，是位做深思状老者的雕塑。地质宫现在挂着吉林大学的牌子，有这么一座塑像倒也与周边环境相符。一尊靠近伪满国务院一侧，是位年轻女子的雕塑，女子嘴角棱角分明，有着东北人的刚毅，但整个神态恬静平和，也有着女子身上阴柔的美。从石雕的背面看，这两尊皆为巨石，转至前方，雕像方从巨石中凸显出来，不知道这是不是浮雕的手法。

长春的文化广场上的一切设施，都是为了便于市民参与的。不像有的城市，广场建得漂亮，但市民只能做旁观者。我们来的这天，在靠近广场的中心位置，某家企业搭建了舞台，正在为市民奉献一场歌舞晚会。许多人聚集在台下，看得津津有味。

在靠近地质宫一侧，还有一座足球场。球场没有围墙，没有草坪，也没有铺设塑胶跑道，是那种原生态的球场。球员临门一脚时，球贴着地皮旋转，腾起一股烟尘。这样的球场，在一些大城市很少见了。

我想，长春将来也要在此铺上草坪、铺上塑胶跑道，广场那时无疑是更美了，但球场的围墙也就会建起来了。可是对于长春人来说，文化广场还是心中的文化广场吗？

广场的地面除了花坛、草坪、体育场和雕塑区外，皆铺有宽约 30 厘米，长约 60 厘米的条石。条石与条石之间的缝隙略显宽了些，差不多有 1 厘米左右。环顾广场四周那承载着历史沧桑感的老式建筑，低头看脚下的小草从石缝中不屈不挠地生长，我真疑心这些条石不是新铺的，这石缝是经历了许多年的风雨和许多人的踩踏，才渐渐变得这么宽的。

在长春文化广场漫步，我的心头时时感到一丝穿越历史时空的苍茫。

说起来，我这是第二次来长春的文化广场呢。第一次大约是在 1999 年的 8 月末。那年我来长春，一位熟人陪我到过文化广场附近的白求恩医科大学。此番前来，白求恩医科大学已改名为吉林大学的医学部了。我在伪满国务院旧址前徘徊，想起那位熟人在长春时经历过许多情感上的不如意，而后南下广东，许多年与我音信不通，不知道他发展得如何，不禁唏嘘不已。

此番来长春，本想回京前再来一次文化广场走走的。可惜天公不作美，回京前的那天傍晚下起了雨。雨淅淅沥沥的，像江南三月的春雨，带着翠绿的颜色，把住处附近的树木、屋顶、楼台都笼罩在一片绿色的雨雾中，把我的心情也笼罩在这一片绿色的雨雾中。

二、万宝街的原生态东北二人转

去万宝街和平大戏院看原生态的东北二人转，是在 6 月 25 日晚上。万宝街的这个大戏院其实并不大，一层的场地加上二层的小阁楼，坐满也不过能容纳三百人的样子。

舞台也不大，约 40 平方米。舞台的背景是一幅盛开的牡丹图，像民间年画一样富贵喜庆。演出从晚上 7 点 50 分开始，到 10 点钟结束，演出期间舞台背景无变化。大概因为东北二人转本是民间小戏，不讲究舞台美术设计。

我们是 7 点 30 分入场，问服务生何时开演？服务生说 7 点 40 分开演。结果到了 40 分，仍未开演，但已有乐师上了舞台。四名乐师，一个拉弦、一个敲鼓、一个吹唢呐，还有一名似乎演奏的是电子琴。

于是，我们就耐心等候，不一会，舞台左侧吹起两阵烟雾，乐师奏乐，一名男演员登台亮相，演出正式开始。

男演员约三十岁左右，中等身材。舞台上方的电子屏显示他是“和平歌王”，歌王说的多，唱的少，言语多俏皮，自称“小沈阳会的我都会，我会的小沈阳未必都会”。一展歌喉，音色果然不错。后一名女演员上台，女演员年龄与“歌王”相当，电子屏显示她是“靓女歌后”。歌王与歌后边唱边插科打诨，唱的多是流行歌曲，言语多涉及男女情事，但言语并不下流，引起台下一些人会心的笑。

我曾以为东北二人转以男女二人对唱为主，但万宝街的这场“原生态”演出，杂耍和绝技表演占据了近一半的戏份。所以，这“原生态”一词颇值得商榷。

“歌王”和“歌后”表演结束后，即是表演飞刀掷人的杂耍。男演员掷飞刀，飞刀掷于女演员身体附近，距头部或颈部皆不过两指。台下观众观看这演出时颇感惊险与刺激。飞刀偶有失手处，男演员做表情尴尬状，女演员做花容失色状，夸张的表情又引起台下阵阵笑声。

男演员在掷飞刀时，偶尔做出飞刀要向乐师掷出的样子，乐师做惊惶离席状。在女演员表演结束后，男演员又偏偏邀请乐师参与表演。乐师做迫不得已状、愈加惊惶状，乐师也成了二人转的演员。

绝技表演是一名男演员用弓在钢锯上弹奏音乐，乐声悠扬。我在台下，很是感慨有多少身怀绝技的艺人隐藏在民间。

全场演出，最让人笑绝的是一个自称“王二”的演员。王二中等身材，略胖，岁数约在五十岁左右，戴草绿色帽子，穿草绿色上衣，蹬草绿色帆布鞋，斜挎印有“为人民服务”字样的草绿色帆布包，胸前还别着一枚毛主席像章。但仔细看，草绿色军帽却没有帽檐，帽子和上衣上还印有“李宁”服饰的标志，穿一件七分黑色肥腿裤。这一身打扮，真如从精神病院跑出来的一般。甫一上台，台下掌声已是雷动。

于是乐师奏乐，王二绕台一周。乐停，王二到台前亮相，做欲开口状，似又忘了词。于是又绕台一周，乐师奏乐，乐停，王二到台前亮相，又做欲开口状，似又忘了词。乐师做怒状，对王二说，你这么喜欢跑，就下场去跑一圈。王二果真下台绕观众席一周。台下，王二憨憨地在观众身边穿行，观众更加觉得有趣，掌声更加如雷。

整场演出，乐师与演员互动，演员与观众互动，而演员演出的蹩脚处又使剧场的气氛高潮迭起。

走出剧场，同来观看演出的人皆认为，这场演出很值得一看。我以为这场演出的成功之处，除了演员出力的表演外，更多的似在于一些细节上的不完美。太完美的东西显得不真实，老百姓会认为与自己隔得远，也就难以有共鸣。这是一个颇值得深思的艺术现象。

三、伪皇宫、长影世纪城及其他

伪皇宫

去文化广场的那天傍晚，还以为伪满皇宫旧址就在“国务院”附近，一打听，才知道隔得很远，但心底已是惦记着要去看看了。恰好有一天下午，培训课 4 点 10 分结束，比平时早了许多。王东和我，还有央视网的张福伟一起乘出租车来到“皇宫”。

但我们到时，售票处的窗口已关闭了。有散步的老者告诉我们，伪满皇宫博物院下午 4 点 30 分就停止售票。

乘兴而来，自然不甘心败兴而归。进不了“皇宫内院”，我们且在宫门前徘徊。“皇宫”的正门尚未关闭，门虚掩着，所以能够看出门板的厚度，厚约一寸，不及故宫的一半。门上的铜饰薄而粗糙，也不可与故宫的相提并论。

宫门两侧的建筑不见红墙，不见雕梁画栋，只有水泥高墙。有寒鸦数点从高墙外飞进去，转瞬又飞出来，仿佛也感受到了末代帝王家的窘迫与仓皇。

溥仪在他的《我的前半生》一书中，也详细地描述过他住在这里的情景：“我不能过问政事，不能随便外出走走，不能找个‘大臣’谈谈，所以当关东军那边的电流通不过来的时候，我就无事可干。我发展了迟眠晏起的习惯，晚上总要在后半夜，甚至过三点才睡，早晨要十一点才起。每日两餐，早餐在中午十二点至一两点，晚饭在九至十一点，有时是十二点。四点到五六点睡中觉。我的日常生活，除了吃睡之外，用这八个字就可以概括了，即：打骂、算卦、吃药、害怕。”

虽然《我的前半生》一书写得如悔过书，但我对溥仪的上述描写深信不疑。

长春是一个平原城市，街道多平缓，而伪皇宫旧址却盘踞在一处高坡上，颇有俯视脚下芸芸众生的意思。长春的朋友能否告诉我这一处高坡的由来呢？

长影世纪城

据说长影世纪城有“东方好莱坞”的美誉。在热情好客的长春朋友的安排下，在一个风和日丽的下午，我们走进了长影世纪城。欣赏了高科技含量的“三维巨幕”“4D 特效”，进行了“极速穿梭”，领略了“古堡惊魂”和“斗转星移”。

长影世纪城的项目多给人以惊险刺激和身临其境的感觉。如观看 4D 影片《非常实验室》时，猛蛇、老鼠等各种动物如在眼前。蛇喷毒液时，我真觉得有毒液喷到了自己脸上。老鼠从眼前蹿出来，裤腿有物拂动，仿佛就在腿边。低头看腿边，原来是座椅下有软管，软管配合老鼠的动作，做拂动状。而蛇喷毒液时，估计是前排座位后有喷管，当屏幕中蛇喷毒液时，喷管即喷出水雾。

“极速穿梭”是座椅随巨大屏幕上飞船飞翔时的状态，或倾斜，或剧烈抖动，而陨石、飞碟不时在眼前闪现，给人造成自己真在天际飞行的感觉。

这些项目多给人以感官的刺激，而少有事后回味无穷的地方。我想，作为长春电影制片厂投资的长影世纪城应该多展现一些电影拍摄的历史或过程。可惜，这样的地方少了点。一个“英雄秀场”号称是“重现

《平原游击队》《英雄儿女》的拍摄现场”，但演员表演得如小孩子玩“过家家”一般，看后都觉得浪费时间。

有朋友说，没有来过长影世纪城，想过来看看，现在看过一次，就不想再看第二次了，许多人都有同感。所以，我们来的那天，此地的游客并不是很多。长影世纪城的前景未必十分乐观。

濯水古镇的那块碑

濯水古镇不大，不过是沿江的一条街，街形顺着江岸，弯弯曲曲的，绵延一公里长的样子。铺设街道的青石板，被久远的岁月打磨得油亮光滑。我们来的这天上午，行人稀少，秋阳尽情地倾洒到街面上，那石板便闪着一种温润如玉的光泽，让人遐思。街两旁古色古香的二层小楼，多是木制的。吊脚楼在临江的一边，另一边以四合院为主。那些经历了百年风雨洗礼的老字号“茂生园”“宜宾栈”“光顺号”“烟房钱庄”等商铺门前大红灯笼高挂，只是，销售的不再是当年的商品，顾客寥寥。

一百多年前的这里，断然不会如此冷清。不然，徽墨制造商詹信安一家不会从徽州千里辗转来此。一百多年前，像这个秋阳高照的日子，这街上必然是人声鼎沸的。行人摩肩接踵，大人紧紧拉着孩子的手，生怕一不留神孩子被挤丢在人海里。谁家运货的伙计浑身热气腾腾，一边声嘶力竭地喊着“借光，借光”，一边从人群的缝隙中闪出来，趔趄着把一箱货物卸到一家店铺的柜台前。而店铺里的客人，也像潮水一般，一波涌进来了，一波涌出去了，又一波涌进来了。真是财源滚滚！拖着长辫的老板，慈眉善目的，连连对着进出的顾客拱手作揖，那笑起的嘴角快要扯到耳根。

一百多年前，吊脚楼边的那条江，也不会像今天这样空茫，江上见不到一只帆影。秋阳高照的那个白天，江边密麻麻地挤满了船，人声喧哗激荡得江水也鼎沸起来。一些船在这个叫作濯水的码头装满了货物，航船激起的浪花，让轻仓的船左右摇晃。于是，浪花便和着人声一直流到水的尽头。这些满载蚕丝、桐油、茶或者漆的船，一路远行，最终停泊的港湾，或许叫上海，或许叫宁波，或许叫厦门……而另外一些船则从那些码头满载着新奇的洋货，日夜兼程地向濯水的码头驶来……

在那个以水路为主要运输通道的年代，濯水有幸，有一条静静流淌的阿蓬江。阿蓬江的水，托起了小镇的繁荣。

一百多年前的这里，一定还有一块碑，这块碑并非立在青石板的街头，而是立在濯水人以及所有来过濯水的人的口中。这块碑写的是“天理良心”，写的是“诚”和“信”。不然，徽墨制造商詹信安一家不会来到这里，来到这里了，也待不住，还要辗转他乡。

“徽商不呆家，经商走四方”，当年抱着“走四方”思想的詹氏家族，他们多像一粒粒卷在风中的种子啊。那阵风从徽州婺源卷起来，一路翻山越岭。后来那阵风止了，一粒种子落到濯水这片土壤里，这粒种子能否生根？能否发芽？能否生长？詹信安的心一定也经历过忐忑不安、彷徨观望，后来渐渐得心应手、踌躇满志。

日月如梭，当年载着詹家过来的那条船来了又走了，走了又来了，那条船没有丝毫改变。身边阿蓬江的水一路向西，流了一年又一年，没有丝毫改变。但詹信安改变了，他学会了吃辣椒，一碗辣子面吃得额上热汗淋漓，而不再像初来时，一点辣子就让他直吐舌头，嘶嘶地吸气。而且詹信安已经把徽墨生产打造成了一条产业链。这条产业链包括桐籽收购、榨油、烟墨生产、徽墨加工和销售。当年，在这条青石板街上，他把香料、珍珠粉等材料加入墨中，研制出了“八宝药墨”，产品热销阿蓬江两岸，而且从濯水码头出发，一直走到东瀛。詹信安的这粒种子在濯水这块土壤上长成了一棵枝叶繁茂的大树。

那些年的冷清只属于这条街的夜晚。夜晚的詹信安背着手踱在这冷清中，彼时，天上月朗星稀，青石板上足音跫然。听着自己低沉而有力的足音，他的脑子却渐渐火热起来。富裕起来的詹信安决定与当地望族汪氏联手，成立烟房钱庄。汪氏提供宅院作为不动产，三进两厢三天井，位于这条街的中心地带。

现在的这条街上，烟房钱庄还在，黛瓦、粉壁、马头墙，让我这个安徽人从心底生出一种亲切感。我疑心这钱庄是詹信安后来对汪氏宅院重建或翻新而成。这一栋徽派建筑矗立在一街的土家风格建筑中，没有一点不协调，倒给人一种异彩纷呈的感觉。

当年烟房钱庄的资金完全由詹氏提供，詹信安是钱庄的投资人。钱庄除办理存款、贷款业务外，还发行钱票。詹信安印制的钱票可了不得，据说因其构图精美、文字秀丽、制作精细，已经成为今天钱币爱好者的最爱，在钱币收藏界名头很响。

提到烟房，容易让人误会成那些年流布在中国大地上的鸦片馆。实际上，詹信安的烟房不是瘾君子活动的场所，而是制作徽墨的车间。一屋的架子上布满注入桐油的碗，灯草吸着桐油慢慢燃烧，油碗上方再反吊一烟碗，使油烟在碗内积成烟墨。詹氏烟房制作的烟墨不仅是远近闻名的文房四宝之一，当地人还把它作为染料，染制土家织锦“西兰卡普”的线和黑色的土布。那些年，詹氏的烟房和钱庄都是财源滚滚，詹信安这棵枝叶繁茂的大树在濯水的土壤里继续生长，枝叶葳蕤，有直插云霄之势。

深谙儒家之道的徽商詹信安在事业如日中天时，不忘时时回首从前这粒种子在这块土壤里如何吸收养分、不断成长的。他回首时看到了这块土壤里最重要的养分，其实是“信”和“诚”两个字。作为徽商，这两个字原本就流淌在他的血脉里，但濯水这块土壤让这两个字滋生出丰厚的营养。这两个字衍生开来，意义无穷。对于经商的人来说，商人虽然以盈利为目的，但在盈利之上，还有一个“义”字，在“义”和“利”面前，要以“义”为先，重“义”轻“利”。“义”字并不空泛，落到具体行为上，有“信”和“诚”作为支撑，要重承诺，要崇信誉。对于顾客来说，也要想到经商者的不容易，为人处世要讲“天理良心”，那么就不会有“仇富”心理。濯水古镇风清气正。

“成以勤，节以俭，看檐翘廊回，珍藏两字传家宝；立于信，行于诚，任客来商往，通用一篇致富经。”当年的烟房钱庄对联犹在，这副对联既成为一把检验詹氏经商为人的尺子，也成为濯水商人秤杆上的一粒准星。

这粒准星就是一块碑，被人们口口相传。所以，当年的这条街上会涌现出这么多的百年老字号。那个秋阳高照的白天，阳光倾洒不到这条青石板街上，因为街上的行人熙熙攘攘、脚步杂沓。

那么，这块碑一定不是街头的这块。街头的这块“天理良心”碑，原本和这条街无关。这块碑立于清光绪十四年（1888），当年的村民王明芳赠送自家的土地给附近的灵应寺，立碑是为了彰显村民此举是凭天理和良心。现在，人们为了打造旅游景观的需要，把这块碑从附近移到这里。

不知怎么的，走在这条青石板古街上，我竟觉得这块碑是詹信安立的，是当年这条街上的店铺老板和街头的摊贩乃至行人一起立的。或者说，是因为他们灵魂的共同呼唤，这块碑立到了它原本就该在的地方。这个秋阳高照的上午，阳光让这块石板碑像美玉一样熠熠生辉，它让整个古镇都温润生动起来。它无声却庄严地告诉人们：己所不欲，勿施于人，做买卖也好，为人处世也罢，不管面对的是竞争对手，还是合作伙伴，都要凭着“天理良心”行事。

脚步声杂沓，古人已像潮水一样远去。随着水运地位的消失，阿蓬江也沉寂下来。它像一个世故的老人，把往昔的繁华隐藏到自己的水波里，不肯泛出只言片语。这个秋日的上午，我们行走在这条古老的街上，我们和那些远去的人们同处在一个空间里，只是时间已是不同。隔着久远的时光，我们能看见他们生动的身影，能听见他们喧哗的市声。

澄江如练，阿蓬江的水缓缓西流。面对这么一条倒流的江水，不由让人想起苏轼的那首词：“谁道人生无再少？门前流水尚能西！休将白发唱黄鸡。”

然而，纵然时光可以倒流，天理良心不可倒转！

古风犹存犀牛寨

这个乡叫作“土地乡”，可耕种的土地却极其匮乏，处在崇山峻岭之中，全乡农业人口七八千人，只有两千亩田。像我们来的这座犀牛寨，前后左右都是高山，陡峭的山崖上用石头垒起几块梯田，山路弯弯，弯到田地尽头，弯到白云深处。“土地乡”的名称，难道是源于乡民们对更多可耕田地的向往？

乡长告诉我们，犀牛寨有 44 户人家 200 多人，大多是土家族。从前，除了从土里刨食，生活别无他法。然而土地又如此稀少，寨子里的老百姓都很穷，能解决温饱就算不错了，祖先留下的房屋自然无力翻盖，顶多修修补补。所以，犀牛寨的土家族风貌保存完好，可以说就是原汁原味。说到这里，乡长羞涩地笑了一下，大概是因为自己提到了“穷”字吧。乡长接着介绍，犀牛寨原来叫冉家沟，几年前，有位规划专家来到这里，发现此处四面环山，谷底临河，土家吊脚楼的木结构、小青瓦、花格窗、飞角翘檐，与周围的山形地貌、河流等浑然一体，风景独特。专家的发现，让正为如何带领村民脱贫致富而殚精竭虑的乡政府找到了抓手——大力发展旅游经济。恰好村落下方有一溶洞，名叫犀牛洞，传说是犀牛精的洞府，政府就将冉家沟改名为“犀牛寨”。这两年，犀牛寨的旅游已做得有一定名气了，许多重庆主城区乃至一些远方的游客都纷纷前来。

我们经由一条石板小径走近犀牛寨，眼前一座高大的木寨楼，一排排火红的灯笼挂在寨楼上，寨后青山巍然耸立，一群身着色彩艳丽服饰的土家族姑娘站在寨前的台阶下。苞谷酒端起来了，祝酒歌唱起来了，“欢迎朋友啊，来到犀牛寨。端上苞谷酒，哥哥莫摆手。喝了这碗酒啊，添福又添寿……”盛情难却，喝了土家姑娘端来的苞谷酒，像一股火蹿入咽喉，刚要惊跳起来时，丝丝缕缕的甘甜已在咽喉处弥漫开来。

走进寨门，正面是戏楼、正殿、南北两厢及院落，这座建筑应该就是犀牛寨的中心吧。院子的右角有石臼，有两位外地游客正学着土家人的样子，一起一落地用木棒打着糍粑，嘴上也没闲着，嘻嘻哈哈的。左厢一位身着土蓝色布衣的老者正用一根长烟袋悠悠地吸烟，烟雾弥漫在他面前，他十分淡然地看着眼前的一切，颇有阅尽世间沧桑，宠辱不惊的样子。

乡长边介绍着犀牛寨的风物，边领着我们往寨后走。寨后清溪潺潺，清溪流到路尽处，顿起飞珠溅玉之声。修竹摇影，路旁更有野花缤纷。寨后新起了一幢木楼，乡长领我们进楼里参观，木墙、木顶、木地面，城里宾馆有的设施这里都有，但城里的宾馆没有这里原木的清香。木窗外，野鸟啁啾，日影婆娑。让人顿起要在这里住几宿的期盼，乡长也期待有越来越多的人来犀牛镇感受古朴生活，感受慢时光。

我们觉得乡长做导游目的性太强，就有意脱离了队伍，从寨后的小道绕过寨门，信步走到寨前的小河边。河不大，是人工修建的，寨子叫犀牛寨，河就应景叫犀牛河。虽是人工修建的，却得高人指点，与周围景色浑然一体。河水清幽，清风吹得河面泛着清凌凌的波纹，两岸的绿植长得郁郁葱葱的。从河边看犀牛寨，风景更比初见时美。岭上白云悠悠，飘忽至今，而眼前古寨，让人顿生世事越千年之感。

我们来的这天，寨子里有一户人家，老人过八十大寿。在自家的吊脚楼前摆起了流水席，十几张简易木桌，木桌四周围的也是那种简易的长条木凳。寨子里的人自然不必说了，寨子所在的村子里的人都要来吃流水席，都要来拜寿。五六个用废旧油桶改制的灶台摆放在吊脚楼的另一侧，五六个头包青色布帕的厨娘在各自的灶台前忙碌着。此刻，炊烟袅袅，漂浮到古寨的上空，让人疑心那天空中的白云就是来自人间的炊烟。天空是那么蓝，蓝得像寨前犀牛河里的水。

按照当地的风俗，这户做寿的人家，还请来了戏班子。锣鼓喧天中，流行歌曲、杂技、舞狮子等节目纷纷上演。表演舞狮子的是一男一女，男女年纪差不多，大概都在三十岁左右。女人舞狮头，男人舞狮尾。两张桌子上面又架起一张桌子，他们爬到最顶层的桌子上面表演狮子凌空起舞，男人用臂弯夹住女人的双腿，女人身子前探，与男人呈九十度直角，舞了至少两三分钟，很有几分功力，博得吃流水席的人喝彩声一片。戏班子由六七个人组成，一次演出，从头天晚上开始到第二天午饭后结束，一般收费两三千元。但这家预定的是三天的演出，要收六千元的费用。

询问来吃流水席的村民，得知演员都是当地的。做寿的老人育有一子一女，儿女也都是农民，家境并不富裕，但再不富裕，老人的八十大寿都要风风光光地做。所谓民风，就是这么一辈辈往下传的吧。这时，我想起一句诗，“箫鼓追随春社近，衣冠简朴古风存”。前句中的“春社”虽然与此不应景，但后句倒是十分贴切。犀牛古寨，值得一游。

突然想，犀牛寨的先民为什么选择在这么一处几乎与世隔绝的山洼里繁衍子孙？是为了逃避战乱，还是为了选择一人终老此生而躲进这深山老林里？追杀声远逝，生命之虞没有了，但这里的可耕土地严重匮乏，后世子孙仅可勉强果腹。犀牛寨的祖先能坦然地面对后世子孙投来的目光吗？渐渐地，寨子里的青壮年都外出打工了，他们在羡慕外面繁华世界的同时，也一定在心里暗恨父母把自己生在这么一处穷山沟沟里吧。也许暗恨谈不上，但身处外面的繁华世界，来自出生地的自卑一定像门前的大山一样压在他们的心头。

谁知，三十年河东，三十年河西。他们心中对祖先的暗恨或者来自出生地的自卑还没生根呢，这一处穷山沟沟就变成香饽饽了。许多在外打工的小青年瞄到了商机，回乡在寨子里开起了农家乐、土菜馆，小日子过得红红火火的。现在，他们该感激自己的祖先选择了这么一处风水宝地繁衍子孙了吧。

不知什么时候，乡长又来到我们身边，他说，从前冉家沟的村民们，每位年均收入不到两三千元，现在犀牛寨村民的年均收入已达到万元左右。乡长激动地为我们描绘着犀牛镇的远景，譬如进一步整合土地乡的旅游资源，修直进寨山路，完善卫生环境……他的脸上泛着兴奋的红润，我透过他喜悦而又自信的话语，仿佛看到了这里的每一块土疙瘩都变成了亮闪闪的金疙瘩。

太姥山的心思

太姥山在福建省福鼎市境内。从八方来的游客没有一个不为这山的容颜倾倒，没有一个不赞叹这山峰之险峻、山石之雄奇、洞穴之幽深……

他们读着山上前人的诗刻：“太姥无俗石，个个似神功；随人意所识，万象在胸中；上天有穹洞，入地多幽窿；胜景无穷致，游人思来重。”他们大概都觉得这诗写出了自己眼前的景、心中的情。他们个个惊叹，这大自然的鬼斧神工。

这么一座有着“海上仙都”之美称的太姥山啊，她究竟是怎么形成的？

为什么这座美丽的山出现在此处而没有出现在彼处？为什么找不到另外一座比她更美丽、比她更独具风韵的山？

我猜想，一定是在洪荒的时代，一定是在一个怀春的季节。那时候的太姥山还潜藏在这片大地的下面。不！这片大地的下面也没有一座山，没有山的雏形。这一片大地，我且把她称作地母吧。春天，他用浩荡的风吹醒了地母的眼；夏天，他用火热的阳光爱抚着地母的脸；秋天，他用细小的雨点润泽着地母的心田；冬天，他用绵绵的白雪装饰着地母的梦……他是这一方天空。

渐渐地，地母喜欢上了这里的天空，渐渐地，喜欢变成了喜爱，地母的喜爱不可救药。而天空却不解风情，对地母的心思一无所知，日复一日，年复一年……天空只是一丝不苟地履行着他四时的职责。

地母的心思要经历过几番煎熬啊，有喜、有悲、有怒、有怨、有希望、有失落……然而，情商低下的天空仍是一无所知。天命有常，四季轮回，天空年复一年地将阳光和雨雪赐给地母。

地母的心思千回百转，已经汇聚成一股滚热的岩浆了，已经到了再也无法抑制的地步，越抑制越翻滚得厉害，越要冲天而起。于是，这一天，当春天的第一声雷响过，再也无法忍受情思煎熬的地母，把自己的心冉冉地捧了出来。

于是，天空为之震惊，为之动容！天空化作万千的柔情。他用奇花异草装扮着她美丽的容颜，用缥缈的云雾点缀着她的衣饰；他让蔚蓝的大海与她相伴，让最勤劳的人们做她的子民。上亿年过去了，沧海桑田，然而，太姥山与蓝天的奇缘不改。蔚蓝的大海依然与她相伴，最勤劳的子民依然生生不息，不信，你去看，在太姥山的南麓，瑞云畲族民族乡比以往任何时候都更加生机勃勃。

你们今天来到太姥山，惊叹这山石的嵯峨、峰的诡异、谷的清秀、洞的幽深。你们看“夫妻峰”两石相偎，“九鲤朝天石”如九条鲤鱼飞跃上天，你们只会感叹造化的神奇，你们不知道这些曾经都是太姥山的心思。

太姥山的心思，只为青天打开。我来到太姥山，迷恋着这里的一切：一块巨石、一棵大树、一条小溪、一棵小草、一朵花儿，但我是一个凡人，我无法猜透太姥山现在的心思。譬如，我来到这里，我是一个受她欢迎的人，还是一个遭她厌弃的人？

因为我迷恋她，所以，我要在意她的心思。可是，我却只能试探她的心思，小心翼翼地。

我来的这天，群峰静默无言，但云雾却在山峰间缠绵；杜鹃花刚刚凋零，但紫藤花却开得正艳。山间的绿雪芽茶苍翠欲滴，我采一片送入口中，至今口齿留香。那么，太姥山，我是一个受你欢迎的人了。可是，你清溪间的娃娃鱼，一见我的影，为什么要仓皇逃走啊……我始终猜不透你的心思。

有人说，太姥山的心思应该是那明月，从山洼间冉冉升起，在深蓝色的夜空中晶莹剔透。然而，我来的这天夜晚，偏偏雨雾蒙蒙，青天似乎有意要让我看不见太姥山上的月，猜不透太姥山的心思。

伊萨卡给了我美丽的旅程

伊萨卡之秋

来到伊萨卡，有时候我会在心底埋怨秋的偏心，它把伊萨卡精心装扮得如此美丽，美丽得让我心醉。

那斑斓的秋叶算是伊萨卡的裙裾吧，它织就了枫叶的火红、银杏叶的明黄、杨柳叶的橙黄、橡树叶的棕红、松针的青翠……秀美如少女的伊萨卡，穿上这样的裙裾，在秋风中舞尽霓裳。这裙裾的颜色还将随着渐浓的秋意、明灭的云霞而变幻。

中秋的早晨，走近一棵枫树，我从来没有见过这么火红的枫叶，像一团团的火苗在树梢上燃烧，那叶片像火苗一样红得透，隔着叶片能看见如水的阳光，在叶脉间静静地流淌。一棵树的枫叶并非一下子就全部燃烧成红红的火苗，先红的总是容易经霜、树冠外部的叶子。其他的叶子在中秋的早晨还青翠着呢，宠辱不惊的，仿佛压根儿就不知道秋天已经到来。另一棵在路口的枫树，枫叶红了半边，半边瑟瑟半边红，一树的火红还要等到深秋的季节。

来到秋天的伊萨卡，看秋叶如何从翠绿变黄、变红或者变成棕色，识自然之理，得天然之趣。再看伊萨卡这位绝代佳人在秋风里款步姗姗，这美只能用惊艳来形容了。

伊萨卡是座林中小城，房在林中，路在林中，车在林中。秋天，站在林边看秋风送落叶。我会看到那叶迟疑着、迟疑着，恋恋不舍地离开枝头，飘飘摇摇地落下来。我见了它的不舍，心里却没有丝毫凄怆与悲凉的感觉，因为这林木的下面全是修剪过的草坪。草坪不在乎秋天的到来，仍然绿意盎然，一枚落叶从树上飘飘摇摇地落到草坪上，只不过是从美丽的此处，移到美丽的彼处。

一枚枚火红、明黄或浅棕色的落叶宁静而温馨地熟睡在草坪的怀抱中，成了草坪的孩子。你不用担心它们会这样恬静地睡上百年。一会儿，秋风就会来唤醒它们，秋风轻轻地抚摸着它们的脑袋，在它们的耳边唱着儿歌，于是，醒来的它们就在草坪上快乐地翻滚起来，快乐地飞舞起来，那情景像极了我国云南的蝴蝶泉边一只只缤纷络绎、五色焕然的蝴蝶在飞舞。

林间，时不时有小松鼠从树枝上蹿下来又蹿上去，寻寻觅觅，憨态可掬。林间的清泉和瀑布是伊萨卡的秋眸吧。“长松比天，小桥掩映，溪声淙淙可听”是胡适的句子。那清溪绝对是纤尘不染、澄澈透明，随着我的脚步在林间不疾不徐地流淌，撩着我的心怀。行到断崖处，我止住了脚步，它却不肯停息，纵身一跃，倒挂下去，便成了一处飞瀑，飞珠溅玉。“明月穿过杨柳，自涧上来。泉水一片片的，曲折的，泻下层石，在潺潺地流着。树枝在岩上，低垂地，繁响地摇动着。”这是冰心描写伊萨卡清泉的句子。这清溪的浅吟低唱、这飞瀑的金声玉润就是伊萨卡这位美少女的欢声笑语吧。

那么俏丽的天空就是她娇美的容颜了。晴朗的日子，天空纯净得简直不能用“如洗”来形容，那幽深的蓝、那澄碧的透，蓝得幽深的海水也无法比拟。空中的云彩或洁白如絮，或轻柔如纱。这点点的装扮，正透露着伊萨卡这位绝世佳人的无拘无束和天真烂漫！

这个秋天，我来到伊萨卡，纽约州的伊萨卡。她的名字来源于希腊西部的一个岛屿，是荷马史诗《奥德赛》中英雄俄底修斯的故乡。《奥德赛》中忒勒马科斯这样描述伊萨卡的山川风貌：伊萨卡没有大片的平野，没有草场——那是个牧放山羊的去处，景致比放养马群的草原更漂亮。我猜想，一定是18世纪来到这里的移民因为这山川与英雄俄底修斯的故乡相像，就把此地命名为伊萨卡，他们也想生活在英雄的家乡吧。

这个秋天，我来到伊萨卡，喜欢上了现代希腊诗人卡瓦菲一首写给伊萨卡的诗：

当你启程前往伊萨卡，
那么就祈祷那道路漫长，
充满历险，充满知识。
……
到达那里是你的最终目的。
然而完全不要行程匆匆。
最好让它持续漫长的岁月；
甚至在你年老时才回到那小岛上，
因你的一路所得而富有，
不期盼伊萨卡会把财富奉献给你。
伊萨卡给了你美丽的旅程。
没有她你就永不会上路。
然而她再也没有什么要给你的。
要是你发现她贫穷，伊萨卡就不曾欺骗你。
随着你获得的巨大智慧，随着那么多经历，

到那时你当然明白了伊萨卡意味着什么。

当然，这个伊萨卡指的是希腊的那个岛屿，那个传说中令英雄们漂泊十年，历尽千难万险，也要回到的家乡。

所以，伊萨卡，虽然你很美丽，美丽得让我心醉，但我不会依恋你，因为这里不是我的家乡。我的爱人，我更愿意与你相依，相依在故乡的秋季里。

伊萨卡之冬

如果说秋天的伊萨卡是一幅色彩斑斓的油画，那么冬天的伊萨卡就好比一幅写意的水墨画。

冬天，伊萨卡的天空多数是灰蒙蒙的，像着了淡墨。地上的林木都脱了秋装，一些树木的枝干遒劲，盘虬卧龙。“老松阅世藏云壑，乔木如今似画图。”坐在山间木屋的窗边，听风在窗外呼号，觉得喧嚣和烦躁都被这窗户的玻璃隔在另一个世界，心反而愈加宁静。

窗外的树木一棵棵比着谁更挺拔和俊逸，林间的疏阔让视野比秋天更开阔。透过这片树林的缝隙，哦，原来树林的那边是条盘山公路，黑色的路面，也似着了墨，只是那墨着得要比天空深一些。公路的那边依然是树林，掩映着几幢蓝色的小木屋。这景色，很有几分黄公望《富春山居图》的意境呢。

与秋天的伊萨卡相比，冬天的沟壑间少了淙淙的流水声。黝黑的岩石间，从前溪流的地方，垂挂着巨大的冰凌，有的冰凌有十几米长，像一把擎天的剑，闪着阴森森的光，守护在沟壑间。让人疑心那沟壑的深处是否正在上演白雪公主和七个小矮人的故事。

然而，冬日的严寒只能冰封住那些淙淙的小溪流，却不能阻挡那些巨大的瀑布，像碧波湖的水，在悬崖的一面，仍然像一群脱缰的野马，从冰面下狂奔而出，撒腿向下，在山谷间发出一阵惊天动地的嘶鸣。

冬天的伊萨卡也不总是严寒，气候可以用变化多端来形容。昨天气温骤升，艳阳高照起来，让人恨不得脱了冬衣，穿上春装。今天的气温又断崖式下降，寒风凛冽，雪花飘舞。燕山雪花大如席，伊萨卡雪花比席大。顷刻间，积雪盈尺。你心想，等明天雪后天晴了，领着孩子去雪坡上滑雪倒是一个天赐的良机。可是，明天气温又回升了，且有雨，大雨哗哗地下，可怜一川厚厚的积雪，还在做着温柔乡的梦，就被雨水击打得零落不堪。你以为天气回暖了，可伊萨卡的冬天又不乐意了，接连几天白雪飘飘，这回终于圆了你去雪坡上滑雪的梦。

见识了伊萨卡的冬天，我忽然理解了那些穿着运动短衫和短裤的老外们，为什么在凛冽的寒风中还要自虐似的长跑。假如他们不坚持锻炼、增强体质的话，如何能抵挡伊萨卡冬天变化多端的气温呢。

我尤其喜欢雪后初晴的日子，站在伊萨卡的一处高坡上，看康奈尔大学钟楼尖尖的顶，看不远处的卡尤加湖泛着银光。看脚下的积雪静静地铺展到黑色的公路边，我正感叹这黑和白的分明呢，突然跳出两只小松鼠，在洁白无瑕的雪地上寻寻觅觅一番，留下两行轻巧的蹄印，蹿到一棵树上去了，弄得树上的积雪扑簌簌地落下，仿佛这积雪才是它们的诗笺。

雪后的天空，澄碧如海。朵朵白云，像是海滨度假地懒洋洋扬起的帆。晴空时，常常飞过一队队鸿雁，排着各种队形，不知道它们是不是要飞到我的祖国去。

胡适与绮色佳

把伊萨卡翻译成“绮色佳”的当是胡适无疑。1914 年 2 月 4 日的胡适日记有《绮色佳城议会旁听记》一则。在这之前的日记中，都没有出现“绮色佳”的字样，他使用的都是“Ithaca”这个英文地名。那么，可以推测，胡适把“Ithaca”翻译成“绮色佳”的时间是1914年2月。也有人说“绮色佳”是冰心首译。冰心1925年才到伊萨卡，在康奈尔大学短期学习两个月，从时间先后上来分析，这一说法就站不住脚。

胡适自1910年8月入读康奈尔大学农学院开始，到1915年9月转入哥伦比亚大学哲学系、师从杜威攻读博士学位为止，在绮色佳整整生活了5年。这5年的时光可不寻常，绮色佳的风穿过他身上的每一个毛孔，让当初拖着长辫子来到这里的胡适，从此西装革履、脱胎换骨。

他由最初张开新奇的眼睛打量异邦的一切，包括家庭、宗教、政治生活和国际思想开始，到渐渐成熟地形成自己的思想和理论体系，绮色佳功不可没。有人说，“人生的道路虽然漫长，但紧要处常常只有几步，特别是年轻的时候”。那么，绮色佳的5年就是胡适71年的人生中最紧要的几步。

1915年夏至1916年底的日记显示了胡适这位新文化运动的领袖由提出“文学革命”的口号到形成一套完整的文学革命理论主张的脉络。表面上看，这些多发生在离开绮色佳之后，和绮色佳没有多少关系，但实际上是绮色佳用了5年的时间酝酿和发酵着他的思想。可以说，绮色佳的5年是胡适一切理论思想的出发点。在绮色佳5年，胡适共选修了14门哲学课，转到杜威门下的两年，只修了4门哲学课。有人说，胡适回国后的许多重要主张和某些“开风气之先”的思想，都可在绮色佳寻到源头。如“容忍比自由更重要”，可追溯康奈尔大学布尔教授开的“容忍史”课；“反对暴力革命，主张渐进改良”，很可能受教于他的红颜知己韦莲司女士的父亲——康大古生物学教授的言论。

另外，康奈尔大学的创办者之一康奈尔的办学理想是经世致用。在文学革命的思路上，胡适也注重“工具及其效用”，与康奈尔的理想惊人地一致。胡适是这样阐述文字的效用的："活文字者，日用语言之文字，英法文是也，如吾国之白话是也。死文字者，如希腊拉丁非日用之语言，已陈死矣。半死文字者，以其中尚有日用之分子在也。"胡适主张通过白话文改革，让文字为大多数人掌握。因为文言文佶屈聱牙，不能普及，不能承当社会改良的重任。清朝末年，西风东渐。来到绮色佳之前，胡适的思想中也许受到西风东渐的影响也未可知。在这里，我不敢说胡适注重"工具及其效用"的思想就是受到康奈尔的影响，但至少可以说与康奈尔的"经世致用"思想相契合。康奈尔大学的另一位创办者，首任校长怀特博士主张教学要调动学生的兴趣，以取代教师的积极性。来到绮色佳，学了 3 个学期的农学之后，胡适发现农学实在远离自己的兴趣，便毅然转入康奈尔大学的文理学院，改习文科。这种注重人的自由发展、人的兴趣的思想，伴随了胡适的一生。

在绮色佳的 5 年，胡适在学业上突飞猛进，在社交上展露才华，在思想上酝酿成熟。绮色佳的春风秋雨、冬寒夏暑让中国现代史上一位青年的身影由模糊走向清晰，越来越清晰，越来越伟岸，终于成就一代大师。

那个年代，大洋彼岸的美国人民对苦难深重的中国人民抱着极大的同情，绮色佳的基督教家庭，包括当地士绅和康大教职员工，都热情友好地接待过像胡适这样的早期中国留学生。1914 年，胡适在古生物教授的家中与教授次女韦莲司相遇，两人遂成莫逆之交，在绮色佳上演了一场为后人津津乐道的旷世之恋。

橡树街 120 号，是当年韦莲司女士的家。从学校中心地带的 Uris 图书馆步行过去约 10 分钟。这是一座临溪的青色小楼，那条溪，胡适译作"高士客狄那溪"。从橡树街正面看这楼，算上阁楼共三层，从楼侧看，则有四层，下面一层临溪，在溪岸之下，有缓步台阶从底楼的侧门连接到溪岸。1914 年 9 月 19 日，胡适自世界学生会迁居于此。胡适在 9 月 25 日的日记中描摹了新居的面貌："长十三尺，广九尺。室中一榻，二椅，一桌，一几，一镜台，二书架。二窗皆临高士客狄那溪，水声日夜不绝。”胡适在日记中也描述了那溪，“溪两岸多大树，窗上所见：清臞之柏，温柔之柳，苍古之橡。林隙中可见清溪，清浅见底，而上下流皆为急湍，故水声奔腾，不似清浅之溪也”。

如今清溪尚在，水声奔腾依旧，韦莲司女士的旧居尚在，房屋却已易主。我来的这天，橡树街120号的门窗紧闭，而二层的露台上摆放的两只红色座椅，透露着这里有人居住的信息。

1959年，74岁的韦莲司卖掉了这里的房子，为胡适建立基金会，资助胡适著作的出版和翻译。1965年，在胡适逝世后3年，韦莲司将她与胡适交往50年的信函公开，她说：“我无非是一个幸运的胡博士信件的接收者，而这些书信也生动地取代了日记。”1971年，86岁的韦莲司在西印度群岛一次事故中丧生。

从这里，将时光往前追溯。绮色佳的山水、月光和柳都映照过他们情侣一般的身影。1938年8月胡适写《临江仙》寄韦莲司：“隔树溪声细碎，迎人鸟唱纷哗。共穿幽径趁溪斜。我和君拾葚，君替我簪花。更向水滨同坐，骄阳有树相遮。语深浑不管昏鸦，此时君与我，何处更容他？”

然而，“相逢情便深，恨不相逢早”。胡适美国负笈求学期间，早在1906年订婚的准媳妇江冬秀已进胡适家门，事胡母至孝。胡适日记中记载了此事：“冬秀时往来吾家，为吾母分任家事，吾母倚闾之思，因以少慰。”况且，当时江家不仅与胡家门当户对，而且冬秀也是百里挑一的聪慧美人，这些让胡适如何割舍得下。

关于胡适与韦莲司持续半个世纪的感情是恋情也好，是友情也罢，总归两个人是聚少离多，那有限的几次见面，连传说中一年只能相见一度的牛郎织女都会觉得自己是个幸福的人了。然而真情没有距离，真情不会被时空阻隔。胡适曾深情地表示，整个美洲大陆也阻隔不了我对绮色佳的魂牵梦系。绮色佳，胡适称之为“一溪一壑都有深情的第二故乡”。

1962 年，胡适去世，韦莲司写信给胡适长子胡祖望，请他代替她“在他的墓边放十朵白色水仙，每五朵绑成一捆，你不必写是谁送的，就悄悄地放在他的墓旁”。韦莲司，这位在绮色佳长大的女子，成为守望胡适一生的红颜。

现在有多少浊男都期盼能遇见韦莲司这样的知己，只可惜很少有人有胡适那样的才气。

康奈尔和怀特

来美国，你说去伊萨卡可能有不少人不知道这是什么地方。可是，如果你说起康奈尔大学，一般没有人不知道。

今年，康大在全球举行了建校 150 周年的活动。150 年的时间不长，康大的成就和理念让世界瞩目。150 年前，正是康奈尔和怀特这两位精英，携手创办了这所如今驰名世界的大学。康奈尔提供建校资金，怀特则担任首任校长，规划学校的发展蓝图。

埃兹拉·康奈尔生于纽约州新不列颠地区，后来移居纽约州伊萨卡。早年家境贫寒，曾做过木匠和磨坊经理。后来与电报发明者莫尔斯共同创办了西职电报公司，积累了大量的财富，遂成为纽约州伊萨卡的首富。康奈尔勤奋好学，基本上靠自学成才。根据自己的切身经历，康奈尔重视实用知识，鄙视陈腐的经院教学。他做过纽约州州长的长子阿朗佐在为其父撰写的传记中，这样回忆父亲早年对他的谆谆教诲：“最好多关注算术、代数、三角、土木工程等，以学好英语、历史、写作、地理、哲学和化学等。”

19 世纪上半叶正值美国工业革命的资本主义大发展时期，社会迫切需要科技进步与大量实用型人才，而美国传统院校恪守欧洲中世纪的经院式教育，排斥科学研究，不注重实用教育，远远落后于时代要求。作为企业家的康奈尔对此更有深刻的体会，他期望自己能够在稀缺的农工高等教育事业领域有所建树。他希望建立这么一所大学：“新的大学应该融合实践教育与自由教育，适应我国青年从事农场、矿山、工厂等职业的需要，适应他们从事科学的需要，适应他们成功处理生活中实际问题的需要。”机会总是偏爱有准备的头脑。1864 年，康奈尔担任纽约州参议院农业委员会主席。同期任参议院文教委员会主席的恰好是著名学者怀特，怀特也一心谋求改进当时美国高校的狭小规模和单调的经典学科内容。两个伟大的灵魂相遇了，并激荡起壮丽的思想火花。于是，一所规模宏大、学术优秀、不受政治和宗教干扰、学科齐全、面向社会实际技能需求的全新大学出现了。作为出资人的康奈尔，捐出个人资产 50 万美金，捐出他位于伊萨卡东山上的私人农场作为新型大学的校园。康奈尔希望在这座农场上，建立一所令所有人可以学到任何他所想学的学科的大学。于是，这座农场从此不再收获庄稼和牛奶，而是收获一片又一片的辉煌。150 年后，我站在这片曾经是农场的土地上，望着眼前一座座如画一般的建筑，当我读到“我想建立一所大学，使所有人可以学到任何他所想学的学科”这句康大校训时，不禁想起前些年我国贫困地区提出的“让所有的孩子都能上得起学，都能上好学”的口号，一时感慨万千。

安德鲁·迪克森·怀特是美国著名的学者、教育家和外交家，生于纽约州荷马市，比康奈尔小 25 岁。他 1853 年毕业于耶鲁大学，曾游学于牛津大学、剑桥大学、巴黎大学和柏林大学等欧洲著名学府。怀特主张新型大学应当注重科学研究与学术自由，在教学手段上应当注重培养学生学习的兴趣。他辩证地借鉴欧洲的教育经验，提出美国的新型大学必须因地制宜，既不能简单地模仿英国或德国，也不能因循守旧。

怀特任康大校长 18 年，为康奈尔大学成为世界精英院校立下了汗马功劳。胡适在 1915 年的日记中感慨：“康乃耳之兴也，白博士（Andrew Dickson White）亲至英伦聘 Goldwin Smith（戈德温·史密斯），当日第一史家也；又聘 James Lowell（詹姆斯·洛威尔），当日文学泰斗也，得此数人，而学者来归矣。”

怀特辞去校长一职后，1879 年到 1881 年出任美国驻德国公使，1892 年到 1894 年出任驻俄国公使，1897 年到 1902 年，出任驻德国大使。怀特晚年回到康大，居住在伊萨卡。胡适日记详细地记载了康大学生为他庆祝 80 寿辰的盛况：“是日午正，全校学生齐集文艺院门外，时天大雨，学生来者蜂拥而至。初不为雨小挫，已而钟塔上‘钟乐’奏《母校》之歌，二千学生齐去冠和歌。歌已，白博士与校董自穆利尔院出，众争欢呼以欢迎之，欢呼之声（Yell）震天。时雨益大，众鹄立无散去者。院外廊下设小坛，学生四年班会长 J.P. Jones 代表学生全体致贺词。博士亦演说十五分钟，述此校发达之大略，兼述今日快意之怀，结语云：愿天佑汝。博士精神犹矍铄，语时间作咳，然语声极清脆可听。是日之会，三千男女鹄立雨中至廿五分钟之久，欢呼和歌祝此老康健，此景至可念也。余心为大动，欢呼时几欲下泪。至博士演说结语，则真泪下矣。此老为此邦一伟人，是日寿诞，美国总统及德国皇帝俱有电庆贺。此老实此校之创始人也，人但知康乃耳倾家建此校，而不知无白博士决无康乃耳。”胡适日记中初述“二千学生齐去冠和歌”，后又说“三千男女鹄立雨中至廿五分钟之久”，人数不一，不知是其笔误，还是有后来者，或者另外一千男女为学校教职员工也未可知。总之，盛况空前，康奈尔大学对前任怀特校长的敬爱之心可窥一斑。

怀特还著有《基督教世界科学与神学论战史》一书，这是一部在思想方面产生过重大影响的经典之作。康奈尔大学创办初期，学校的办学方针是不受任何教派或政治团体的控制，并且大力倡导科学教育，所以，教会的一些人诬蔑康奈尔大学是异端和无神论的机构。怀特通过这部书，澄清科学与宗教并非必然对立，科学与宗教必然对立的观念，实际上是那些神学家们硬塞给人们的一种假象。

因其对大学与美国高等教育的卓越贡献与巨大影响，怀特与哈佛大学校长艾略特以及霍普金斯大学第一任校长吉尔曼被后人并列为十九世纪末美国最伟大的三位大学校长。

有的人为名忙，有的人为利忙，有的人为温饱而忙，但也有这样一些伟大的人，他们的忙碌超越了自我，他们为了人类能获得更大的自由与幸福而忙碌，康奈尔和怀特就是如此。正是因为有了他们，世上今人才胜过古人，无论是从精神层面还是物质层面。

康大的中心地带有康奈尔和怀特的塑像，两尊塑像东西相望，我从东边的塑像基座走到西边的塑像基座一共需要 146 步。此地毗邻康大的 Uris 图书馆和 Olin 图书馆。Uris 图书馆的钟楼，是康大的地标建筑。这里有一天三次的校园乐曲演奏，钟乐能手们演奏的优美旋律，通过编钟在两尊塑像之间回旋。不知道是不是为了体现对学者的崇敬，康奈尔的塑像是站立的，拄着手杖，深情地注视着这里的一草一木。怀特的是坐像，跷腿远观。远处的卡尤加湖碧波荡漾，不远处是大草坡。晴朗的日子，三五学子坐在草坡上看书。我来到康大校园许多天，没有见过一次穿着奇装异服的学生，没有见到一例勾肩搭背、嬉笑打骂的情侣，康大的学风很纯正，校园里的学生来去匆匆。当然，校园里有多种文娱活动，喜欢跑步运动的人尤其多。秋凉了，我甚至穿起了薄袄，而跑步者却短衫短裤，挥汗如雨。这一切，两尊塑像都默默地看在眼里，两双深邃而睿智的眼里，该时不时含着一丝欣慰的笑吧。

塑像之间漆有两行脚印，一红一白，白色是前来的，红色是返回的。传说，夜深人静时，他们两个人还常常走到一起促膝交谈，像当年那样仍然为学校的发展殚精竭虑。真想找一个那样的时刻，一个人悄悄地来到这里，听听这两位伟大灵魂在喁喁私语些什么。不知道他们对今天的康大满意否?

我想，他们不满意的可能性应该不大，因为他们的办学理念已经写入了《康奈尔大学章程》，康奈尔大学的平民化教育与强调实用知识等特点集中反映了康奈尔的人生信念，而科学研究与学术自由等特点则主要反映了怀特对现代大学的深刻理解。150 年来，康大一直秉持他们两个人的办学理想。怀特校长开风气之先，康大一直拥有最前卫的国际意识。1903 年，康大力排众议成立农学院，虽然当初该学院被人讥讽为“奶牛学院”或“刨土学院”，但如今它已成为全美数一数二的农学院。康大在办学史上，拥有许多第一，诸如成立了美国第一所“工业与劳动关系学院”、“酒店管理学院”和“兽医学院”，成立了美国第一家出版社，等等。康奈尔大学，是当今公认的世界一流研究型大学。在 2009 年度《美国新闻与世界报道》的大学综合排名中，康奈尔大学名列第 12 位，在其历史上先后有 40 名师生荣获过诺贝尔奖。

中国的学子，情感中有一种天然的与康奈尔大学亲近的东西。因为，康奈尔大学与我们的学术界和思想界实在有着太深的渊源。当年的康大是美国为数不多接受庚子赔款留学生就读的大学之一。康大 5 年，让一代大师胡适的思想在这里由萌芽走向成熟。而最令人吃惊的是，我们国家的最高科学机构——中国科学院的前身，中国科学社竟然诞生在这里。1915 年，由任鸿隽、秉志、周仁、胡明复、赵元任、杨杏佛等人发起成立的中国科学社，1918 年迁回中国。在康奈尔大学期间任鸿隽等人还创办了《科学》杂志，后来成为中国的权威科学期刊。

“大学之大，非大楼之大，乃大师之大。”这是当年清华大学校长梅贻琦的话。来到康大，你会感受到大学之大，不仅是大师之大，不仅是学科门类齐全，还在于大学对社会的责任。

有人说，大学为社会培养人才就是对社会的责任，这句话没有错。然而，是关起门来办学，成为与社会相对隔绝的象牙塔，还是更多地承担对社会的责任与义务，高下立现。早在康奈尔大学创办之初，康奈尔就捐出一座图书馆作为伊萨卡市民的公共图书馆。150 年来，康大自觉地组织各种科普活动，对社会公众开放，以提高人们的科学素养。前几天，康大的动物学院刚刚举办了一次昆虫展览，这种科普性质的展览吸引了许多伊萨卡市民前来观看。

康奈尔大学没有围墙，来到康大的任何人都可以选择自己感兴趣的课程旁听。学校共有 20 座图书馆，学校没有围墙，图书馆也没有门卫，24 小时开放，市民可以自由出入，利用图书馆的资源。现在的我就坐在 MANN 图书馆里，前来探亲的我，不曾在康大注册，没有康大的任何一份证明，却这么心安理得、心静如水地坐在图书馆的窗户边。今日有风，风不大，却也不小。窗外的山道上，空寂无人，只有摇晃的枝条和缤纷的落叶。颇有王维的“木末芙蓉花，山中发红萼。涧户寂无人，纷纷开且落”的意境。

感谢伊萨卡给了我一个美丽的旅程。

感谢康奈尔和怀特，让我在这里起了重新做一回学生的冲动。

海子与日喀则

今夜在日喀则，上半夜下起了小雨
只有一串北方的星，七位姐妹
紧咬雪白的牙齿，看见了我这一对黑翅膀

北方的七星，照不亮世界
牧女头枕青稞独眠一天的地方今夜满是泥泞
今夜在日喀则，下半夜天空满是星辰

但夜更深就更黑，但毕竟黑不过我的翅膀
今夜在日喀则，借床休息，听见婴儿的哭声
为了什么这个小人儿感到委屈？是不是因为她
感到了黑夜中的幸福

愿你低声啜泣，但不要彻夜不眠
我今夜难以入睡是因为我这双黑过黑夜的翅膀

我不哭泣，也不歌唱，我要用我的翅膀飞回北方

飞回北方，北方的七星还在北方
只不过在路途上指示了方向，就像一种思念
他长满了我的全身，在烛光下酷似黑夜的翅膀

这首名为《黑翅膀》的诗，写于1988年7月，当时是海子第二次进藏。次年的三月份，海子来到山海关卧轨自杀。

据说，这次进藏，海子结识了一位在拉萨的女诗人。虽然年龄比海子大，但她丰富的学识深深折服了海子，让他产生了爱慕之意。他向她表白，据说还有一些轻狂的举动，但却遭到了她的断然拒绝和冷眼相待。海子带着深深的挫败感，带着一颗失魂落魄的心，前往日喀则。

海子为什么要来日喀则？我猜他一定是要到这座离天堂最近的地方疗伤。当时，他的心灵已经伤痕累累，病入膏肓。即使无法彻底痊愈，想必这座日光之城也能减缓几分痛苦吧。1988年，从拉萨到日喀则，没有火车，公路的路况也没有今天好。我们可以想象一个失魂落魄的人，是怎样风尘仆仆地来到日喀则。

这首名为《黑翅膀》的诗并没有写日喀则的白天，所以，在诗中，我们没有欣赏到清澈如湖水的天空、轻柔如梦幻一般的白云。我们只欣赏到日喀则的夜晚，和夜晚空中隐隐闪现的北斗七星。1988年的日喀则，街市上没有一盏路灯。1988年的日喀则城也不大，推窗一看，那最高的、金顶的辉煌建筑，是扎什伦布寺。这个晚上，上半夜还下着小雨，漆黑的街市，像极了海子晦暗的心灵。睡不着的他，下床走到窗前。他眼前的北斗七星却幻化成了那位女诗人雪白的贝齿。为什么他向她表白，她却“紧咬雪白的牙齿”，从此，不再对他展颜一笑。这个夜晚，日喀则的北斗七星，能照出他的痛苦，可是她呢，也许已经把他从心头遗忘。

这个夜晚，那个啼哭的婴儿是海子悲伤的另一种写照。“为了什么这个小人儿感到委屈？”是因为他猜她不能感受到自己在今夜的痛苦，反而“感到了黑夜中的幸福”，那是一种和海子无关的幸福。

1988 年 7 月，海子诗中的日喀则，是夜里的日喀则。上半夜下起了小雨，下半夜天空满是星辰。在这个灵魂与天堂最接近的地方，海子要向神灵祈祷什么？

如果锲而不舍，再苦苦地去追求她呢，也不一定没有希望。“北方的七星还在北方”，当然，这“北方的七星”，也不一定就是指那位在拉萨的女诗人，也许是另一位女子，以日喀则为坐标，她在北方，今夜她闯进海子的心间，让他无法入眠。

1988 年的日喀则，也没有直拨电话。思念只能靠思想的电波飞越千山万水，何况这种单向的思念还找不到可以被接受的频率，只是一种“单相思”。海子心中的苦闷无从排解，无人倾诉，他的心灵成了一双“黑过黑夜的翅膀”。1988 年 7 月，日喀则的夜晚，沉重而黏滞，风也掀不起夜的一角，只好传来一声声叹息。

当然，也许海子诗中的“她”另有所指，也许诗人是在探讨某个崇高的问题。我的看法和海子无关，只代表我自己。

忽然想，几个月后就自杀了的海子是不是在这灵魂距离天堂最近的地方得到了某种启示？或者是因为觉得日喀则的夜晚都无法治疗心灵之伤，从而对自己的人生感到了深深的绝望呢？

树下独语

临安西天目山有一棵闻名遐迩的柳杉树。据说，早在宋代这棵树就被称为“千秋树”，到明代时树径已达2米以上。根据树径测算，树龄大概在两千年以上。清代那位喜欢下江南的乾隆皇帝游览西天目山时，觉得这棵树很神奇，就封它为“大树王”。

我来西天目山游览时，这棵树已枯死几十年了。原来，受了皇封后，这棵树声名鹊起。人们认为，既然这棵树长生不老，那么它的树皮也一定有神奇的功效，没准可包治百病，于是竞相剥取树皮。树无皮不可活，“大树王”枯死的时间在20世纪30年代。这棵树枯死后仍傲立不倒，如今，80余年的时光过去了，光溜溜的灰白色树干直指苍穹，让原本柔媚的柳杉有了几分鲁迅先生笔下秋夜里枣树的意境。树干中部往上靠近树梢的位置，不知哪一年寄生出一棵树苗，从树下仰望，这棵寄生树苗的树干就像一般炒勺的柄那么粗，枝叶葳蕤，给人一种枯木逢春的错觉。

一棵小树从一群小树中脱颖而出不容易，因为“木秀于林，风必摧之”。一棵脱颖而出的小树长成参天的大树不容易，因为它要经历多少个轮回的雨雪风霜的摧残和煎熬。一棵参天的大树能成为千年的古树，就更加不容易了，因为它不但要经历自然界的狂风暴雪、万钧雷霆、肆虐山火的煎熬，还要抵御各种病菌的侵袭，况且林中还有“伐木丁丁，鸟鸣嘤嘤”啊。一棵树成为千年古树，它多少次地避开了伐木者投来的审视目光。

人生一世，草木一秋。人们常常以树喻人，树的荣枯和人事息息相关。《三国演义》中刘备初出场，也是通过他家的树，料定他将来有出息的，“其家之东南，有一大桑树，高五丈余，遥望之，童童如车盖。相者云：‘此家必出贵人’”。刘备家的这树不过高五丈余，树龄不过百年，人家就觉得不得了了。所以，像西天目山这棵活了两千多年的树，获得皇帝的封号也就不足为奇了。可是，我们常说，内因是事物发展的根据，是第一位的原因；外因是事物发展的外部条件，是第二位的原因。我刚才所说的雨雪风霜、雷霆、山火、“伐木丁丁”等，只是这棵树成长为“大树王”的外因，那么，它的内因是什么？或者说一棵树自己采取何种活法才能长成“大树王”？

一个人的人生其实是他思维的产物。你心中描绘怎样的蓝图，就决定了你将拥有怎样的人生。人生如斯，树也有灵。无论是树还是人，都要顺应事物的发展趋势，不急遽不泄沓。有些人“弃垂成之功，陷不义之名”，是错在“急遽”二字上；有些人刚干事业时雄心勃勃，遇挫折则一蹶不振，是错在“泄沓”二字上。你看这棵“大树王”，当其低微时，不减昂扬之气，向苍天争取阳光雨露；当其位高时，不忘谦逊之心，俯首奖掖后进，不妄自托大。独木不成林！你不见“大树王”的周围，古树有千棵吗？

在西天目山“大树王”下盘桓，仰首看树梢上的蓝天，云卷云舒，仿佛世事已历千年。

日出乌苏里江

在满语里，虎林的意思是“沙鸥翔集之地”，乌苏里江的意思是“东方日出之江”。

想想看，一个沙鸥翔集、锦鳞游泳的地方，又地处祖国边陲，是我国太阳最早升起的地方。那里还有珍宝岛——第二次世界大战的终结地，还有美轮美奂的湿地，还有赫哲人的桦皮屋和盛开的鸢尾花……多么令人神往。

我们的虎林之旅就从珍宝岛开始。这个面积仅 0.74 平方公里的小岛，因为 1969 年的珍宝岛事件，在祖国的版图上树起了特殊的人文坐标。

我们坐着游艇上了小岛，在镶嵌着国徽和“中国・珍宝岛”几个金色大字的大门旁留影。我们用镜头记录三个不同时期的军营，感受不同时期卫国戍边将士的奉献情怀。岛上芳草萋萋，白云悠悠。对岸，俄罗斯的山峦、树木静立，江水静流，岁月一片静好。战争的硝烟已经远去，恍惚间，真以为来到了一座世外桃源。可是，当年的战壕还在，一棵大树的枝条上还残留着弹痕，道路两边的草丛下还埋着当年的反坦克地雷。登上此岛，民族自豪感油然而生，在胸腔中激荡不已。

珍宝岛湿地公园和珍宝岛可不是同一个地方。我们离开珍宝岛，驱车前往珍宝岛湿地，车行约四十分钟。珍宝岛湿地的名气其实也不小，是国家级自然保护区。百闻不如一见，穿过茂密的原始森林，我们登上了湿地公园的观光塔，林木的梢头都在我们下方。目光越过林海远眺，乌苏里江如一条洁白的玉带隔开两岸的翠绿。而近处的湿地，壮美得让你目瞪口呆。大自然的鬼斧神工，让任何最杰出的画家也汗颜不已。绿是这幅画的底色，但这绿又分为墨绿、翠绿、深绿、淡绿等。墨绿的是一条条林带，它们或列队如士兵，或盘旋如虬龙，潇洒自如地在这幅画上游走；翠绿、深绿、淡绿的是块块沼泽地上的草场，什么地方的绿该浅一点，什么地方的绿该深一点，你挑不出一丝瑕疵。远处的沼泽上，大自然又意犹未尽地涂抹了几笔或浓或淡的草黄，一直铺展到天边去。而草场的中央还有几块或大或小的湖泊呢，蓝天和白云倒映在湖泊中，沙鸥在湖泊边优雅地踱步。阵阵微风，带来水草的清香和沼泽的气息，让你疑心自己是否身处凡间。

我们来的这天，尚属盛夏。到了秋天，斑斓的珍宝岛湿地又将是另一幅绝美的景色吧。

晚上，我们入住虎头镇时天色尚明，我们便信步走到乌苏里江边。歌唱家郭颂书写的“乌苏里江”石刻矗立在江边。发源于俄罗斯锡霍特山西侧的乌拉河，与发源于兴凯湖的松阿察河在这里汇合，所以这里又有“乌苏里江起点”的美誉。在虎头镇，两河泾渭分明，在乌苏里江中形成一条天然的线。据说，江水东流，流出虎林境内时，两河渐渐交融到一起，这条天然的界线才最终消失。对岸是俄罗斯的伊曼市，小城不大，几座建筑在山峦和林木的掩映下，若隐若现，但哨所耸立，高出林梢。

这个晚上，我们心里惦记着乌苏里江的日出，惦记着沐浴祖国的第一缕阳光，惦记着早起。然而，丰富的负氧离子让我们心旷神怡，一夜无梦。一觉醒来，阳光已洒进窗户。看看时钟，不到凌晨六点。披衣来到江边，江水流光烁金，似乎每一朵浪花里都藏着一粒阳光的种子。

江上有早起的渔船一艘，那迎着朝阳抛洒下渔网的渔夫，不知可是《乌苏里船歌》里唱着的赫哲人。

乌苏里江盛产鳇鱼、鲟鱼、大马哈鱼等几十种鱼类。其中鳇鱼是乌苏里江特有的品种，属远古鱼科，被赫哲族奉为“鱼中之皇”。鳇鱼体重可达几百斤甚至上千斤，全身上下只靠一根脊骨运动，口感极佳、营养价值不可估量，享有淡水鱼王的美誉。

乌苏里江的鱼不仅滋养了世世代代的赫哲人，曾经也让皇家垂涎欲滴呢。清朝就在乌苏里江设了“打牲处”这么一个机构，由黑龙江将军管辖。这条长长的江就成皇家的专属渔场了，捕鱼者自然还是赫哲人。历史上被称为“鱼皮鞑子”的赫哲族是北方唯一从事捕鱼的少数民族。

“白云飘过大顶子山，金色的阳光照船帆。”除了捕鱼，赫哲人另一项主要的生产劳动就是狩猎了。乌苏里江边的山属于完达山系，山深林密。遥想当年，身穿鱼皮衣的赫哲人三五成群，在山林中穿行。猎狗在前方跳跃，他们也像猎狗一样张开警觉的耳朵。眼前突然跳出一头野猪，龇着獠牙，杀气腾腾地向他们冲来。人群有序地散开，一支箭带着风正中野猪的面门，野猪带着箭咆哮奔突，然而，更多的箭齐射，咆哮声变成了哀嚎，猎狗扑了上去……据说，居住在乌苏里江流域的赫哲人，狩猎的对象除野猪和鹿外，还有貂。如此说来，他们怕是中国最早穿上貂皮衣的人吧。

现在的赫哲人早已放弃了狩猎，基本转向渔业和种植业。我们在白桦林边，发现了一家赫哲人开的餐馆。店主的服饰和我们的一样，他操着本地的方言，热情地和我们打着招呼。我们没有发现从前赫哲人穿的鱼皮衣，也没有从相貌上找出他和我们不同的地方。我们是从他对各种江鱼的热爱和刀工的熟稔上，找到了这个民族独特的基因。

这天，我们参观了被称为“东方马其诺”防线的虎头地下要塞博物馆，走进了虎林口岸，踏上了中俄界桥，看界河在脚下流淌。我们看到了片片紫色或黄色的鸢尾花，还有片片青中透微黄的稻禾……不由感叹祖国边疆之大美、虎林之大美。

是夜，我们又来到了赫哲人开的那家餐馆。炭火燃起来，烤炉上的鱼肉正由嫩白变得金黄，浓郁的香味扑鼻而来。不远处，乌苏里江水静静流淌。我们真切地听到了鱼儿在水中唼喋的声音，还有沙鸥鸣叫、拍打着翅膀远去的声音，不知道是不是飞向对岸的密林中呼唤它的伴侣。

我们一夜无眠，一边闲聊着久远而神秘的赫哲族故事，一边静静地守候着乌苏里江的日出。

我们一直守候到江上的天空流光溢彩，守候到一轮朝阳蓬勃而出。乌苏里江上的太阳洒出灿烂的光辉，洒到江上，洒到江边的树上，洒到我们的身上，洒到祖国的每一寸土地上。

后记

别处的风景

为了出这本散文集，我把这些年发表在报纸杂志上的散文搜集出来，重新整理了一番，发现自己第一篇发表在报刊上的散文是《校园里的塑像》。这篇散文写的是中华奥运第一人刘长春教授，他参加了 1932 年在美国洛杉矶举行的第 10 届奥运会，成为第一位正式参加奥运会的中国运动员。1949 年后，刘长春教授任大连工学院（现大连理工大学）教授，这篇文章表达了青年人对前辈不甘屈辱、不畏强手、顽强拼搏精神的景仰。这篇文章只有千字左右，记得动笔的时候，心里想的跟手中的笔不合拍，吭哧吭哧地写了两天，不由得深羡那些“下笔千言”的人。文章写好后，我恭恭敬敬地将它投出去，发表在《大连晚报》副刊“三色帆”上，时间大概在 1998 年左右。1999 年的时候，这篇文章获得了大连市建国五十周年散文、报告文学优秀奖。据说当年凭这个奖就可以成为大连市作家协会会员。如今乐滋滋地回忆起这事，不是要炫耀什么，而是觉得对初起步的写作者这份鼓励具有多么大的重要性。

从首篇发表在报纸副刊上的作品算起，不知不觉地，时光竟然过去了 20 年。20 年的时光都去哪儿了呢？这 20 年里，我虽然没有停止过散文创作，但写作的状态并不好，断断续续地写，且写的量很少。好在聚沙可成塔，集腋可成裘，20 年的时光终于积攒成一本散文集，可以“20 年磨一剑”来聊以自慰了。

20 年间的散文不成系统，而且我的思想、文字在每个时期也有不同，的的确确是一盘散沙。可是如果从题材这个角度来划分，还是可以粗略地把这本书分为“回望故乡”“人在京城”“边走边想”三辑的。

我出生在安徽桐城，在家乡长成大小伙子后，到辽宁省生活了十几年。苏轼说：“人生到处知何似，应似飞鸿踏雪泥。泥上偶然留指爪，鸿飞那复计东西。”回望过去的岁月，我这只“飞鸿”在安徽和辽宁都留下了深深的指爪，成了一个拥有双重故乡的人。所以，我把写辽宁和安徽的文字，都放在“回望故乡”这一辑里。这些文字写故乡的风物、人情，抒发对故乡的思念，大都是早些年写的。有朋友说喜欢我早年间写的文字，这些文章虽然短小，但有一种空灵的意味在里面。文友这么评价，也可以理解成我现在的文字反而不如早先的好，即使是这样，我也很高兴，因为我把这句话理解成我作品的起点高。我这个人凡事都往好的方面想，所以就喜滋滋地把朋友的话写在这里。

一转眼，从辽宁省大连市来北京工作，已经是第 12 个年头了。“人在京城”是写我在北京的随想随感，演绎普通人日常生活中的琐事和趣事、悲伤和欢乐、失望和希望，烟火味比较浓。翻开这本集子看看，像我这么一个爱写景的人，写北京的却很少。究其原因，大概是北京的景点我本来就去得少，除了我家附近的圆明园、颐和园，其他不少著名景点，像八达岭的长城、明十三陵等，至今我都尚未涉足呢！有些景点虽然去过，却懒得动笔。这真是一件奇怪的事，大约人性深处总以为别处的风景最美，且自己就住在这座城市，有的是时间写这里的风景吧。

这些年，因为工作的原因，我倒是走遍了大江南北。一次次出行，一次次震撼于祖国山河的壮美和民族历史的悠久。心有所感，付诸笔端，便有了“边走边想”这一辑。窃以为，游记是最见一个人的散文功底的。因为，壮美的河山和悠久的历史触动的不是你一个人的心灵，许多人在山水之间游历一番后，都有要把“于我心有戚戚焉”的东西付诸文字的迫切愿望。再加上这些年新媒体的兴起，各种游记泛滥，不少文字不是给人一种“到此一游”的感觉，就是导游词的翻版。如何推陈出新，如何见别人之所未见，思别人之所未思，如何写出有自己独特个性、真正属于自己的文字，是我这些年一直在努力的，也是这部散文集中下功夫最多的地方。

苏轼说，“吾文如万斛泉涌，不择地而出。在乎地，滔滔汩汩，虽一日千里无难；及其与山石曲折，随地赋形而不可知也。所可知者，常行于所当行，常止于不可不止，如是而已矣”。窃慕之，却难以望其项背，就把苏轼的这句话当成我散文创作的灯塔吧。

大连晚报副刊“三色帆”是另一盏灯，虽然它已经停刊许多年了，但它在我的心里，总像一盏亮在寒夜中的油灯，火苗虽然摇曳，光圈虽然昏黄，却让我时时回望，时时感到慰藉与温暖！